KEITAI
SHOUSETSU
BUNKO
野いちご SINCE 2009

キミと出会えた奇跡

莉恋 *

スターツ出版株式会社

「私は、その言葉が嫌いなの」
「……なんで？」
「明日が来る保証なんてどこにもないから」
　──『また明日』。

　　死の順番待ちをしている"がん"患者。
　　朝日奈紗葉。
　　明るくて優しい美少年。
　　椎名誠。

「助けてっ……誰か助けてよっ……!!」
「俺らがちゃんといるから。紗葉のそばにいるから」
「……お願い……まだ生きたいのっ……」

　もし"そのとき"が来たら、「さよなら」より「ありがとう」を笑顔で伝えたい。
　……明日があるって、じつはすごく幸せなこと。

contents。

1 章

普通の日々	8
お隣さん	14
嫌いな病室	19
準備期間	22
惹かれる想い【誠side】	46
検査	64
文化祭	82

2 章

美由紀の存在	116
混乱	153
壊れかけた優しさ	190
隠されていたモノ【真奈side】	205
揺らぐ決意	211

3 章

小さな幸せ	236
タイムリミット【誠side】	252
生きたい	255
生きていた証【誠side】	274
7年後	287

番外編

大好きなキミへ【美由紀side】	292

あとがき	306

1章

普通の日々

　目の前にある机の上に広がる勉強道具。
　右の手のひらから落ちるシャーペン。
　黒髪のストレートロング。
　16歳の私は、世間的に言うと高校1年生。
　だけど、一般的な『高校生』とは違うのかもしれない。
　机の下から見える白い布団。
　腰をかけるのはイスではなく、ふかふかのベッド。
　制服ではなく、くつろぎやすいゆったりとした私服。
　先生の代わりに私のまわりを駆けまわるのは、お医者さんと看護師さん。
　そして、私が受けるのは授業ではなく病気の治療……。
　でも、みんなみんないつもどおり。
　全部全部、私にとっては当たり前のことなんだ……。

「ただいま。あれ……西田さんは……？」
　隣の病室の入り口にあった、【西田】と書かれたプレートが外されていた。
「あ、紗葉ちゃん。……西田さん、は、ね……」
「……亡くなったんだ？」
　ごまかすようにゴニョゴニョと言う看護師さんに尋ねると、無言で頷かれる。
　……お隣さんが、またいなくなっちゃったな。

「私も、そろそろかな……」
　ボソッ、と廊下の窓から見える空に向かって呟いてみると、看護師さんが慌てた顔をした。
「大丈夫よ！　紗葉ちゃんなら大丈夫！　きっと元気になるよ！　紗葉ちゃんはいい子だもの！」
　……そのセリフ、聞き飽きた。
　何回聞いたかな、大丈夫って。
　私なら大丈夫って。
　元気になるって。
　いい子だからって……。
「……ありがとう」
「ううん、全然！　ほら、紗葉ちゃん病室に戻ろう？」
　その言葉に頷いて自分の病室へと足を動かす。
　こんなのも私にとっては当たり前で、普通の日々なんだ。
　7年前から、ずっとこんな日々が続いている。
「ただいま」と言って入るのは、いつのまにかここ……病室になった。
　"がん"なんていう病気のせいで、私の生活は奪われた。
　笑顔も健康も夢も希望も友達も。
　……みんな奪われた。
「……いつかな。そろそろかな」
　いつのまにか……明日……死ぬんじゃないかって思って、寝たらもう目は覚めないんじゃないかって、ずっと恐怖に怯えてきた。
　だけど、残念ながらというか幸いというか病気の進行は

遅くて、今日まで生きている。
　……死の瀬戸際の状態で今日も生きている。

『いい子にしてたら治るよ。元気になるよ』
　昔、みんなから言われた言葉。
　小さいときはその言葉を信じて一生懸命頑張った。
　いい子になれば治るって。
　どんなに治療が辛くても、文句も言わなかった。
　素直に『はい』って答えた。
　どんなに苦しくても笑顔を見せた。
　勉強も頑張って、学校に行けなくても、まわりのみんなより成績はよかった。
　精一杯、頑張った。
　だけど12歳のとき……同じ年の子が小学校6年になったときだった。
　思いきって両親に尋ねてみた。
　どんなに頑張っても治らないし、同じ病気で入院していたであろう同室の子たちがいなくなっていくたびに不安になったから。
　もしかして、自分の病気は治らないの？
　もしかして、私は死ぬの？
　そう思って……。
『ねぇ、お父さん、お母さん。私の病気って治らないの？もしかして、私は死ぬの？』
　その言葉に両親はビクッと肩を震わせた。

『な……何を言っているのよ。そんなことあるわけないじゃない』

　無理やり作った笑顔で、お母さんが私の顔を覗き込んでくる。

　だけど、その口調は明らかにおかしかった。

『いい子にしてたら……』

『嘘(うそ)！』

　再び口を開いたお母さんの言葉を遮って、私は叫んだ。

　病室に沈黙が流れる。

　すると"もう隠せない"と思ったのか、お父さんがゆっくりと口を開いた。

『あまり、薬の効果が見られないようなんだ……。5年後に紗葉が生きている確率は……15％ってお医者さまは言っていた……。わかるか？』

　私は、こくんと頷く。

　……小6だったけど、ちゃんとわかった。

　だって、もう割合の勉強はしていたから。

　ただ幼すぎて、"15％"という確率が高いのか低いのか、きちんとイメージできていなかった。

　やっぱり病気は治らないんだ。

　そして……死ぬんだ。

　そう勝手に解釈していた。

　ところが、黙り込んでいる私に、お母さんは『15％もあるんだから！』って泣きながら笑った。

　なんで泣きながら笑っているの？

そう不思議に思いながらも、『15％もあるんだから！』という言葉を信じることにした。
　15％という確率は、意外と低くないのかもしれない。
　このときは、そう思ったから。
『わかった……15％に入るよね。私、生きているよね』
『おう、大丈夫だ。紗葉なら大丈夫だ。きっと、いや、絶対に治るさ』
『……うん』
　だけど、15％の意味をよくわかっていなかった私は、お父さんの言葉に心から頷けなかった。

　それから間もなくして、私は『５年生存率が15％』がどれくらい低いものなのか知ることになった。
　５年後に生きている確率が15％ってことは、85％は死ぬってこと。
　85％ってことは、半分以上が死ぬってこと。
　私は本当に15％に入れるの？
　……絶望でしかなかった。
　だけど、そんな絶望の中でも、私は必死に"いい子"を演じた。
　たとえ、治らなくてもいい子のほうがラクだったから。
　怒られるわけでもなく、『はい』って答えて笑うだけで『いい子ね』ってほめられる。
　そしたら、みんな必ず『紗葉ちゃんはいい子だから治るよ』って言うの。

そんな言葉、これっぽちも信じてなかったけど、心の片隅ではその言葉に安心していた。
　もしかしたら、本当に治るんじゃないかって思って。
　15％の中に入れるんじゃないかって。
　……そのうち、それでは治らないんだとわかってきて、治るって信じるのをやめることにした。
　今では、両親、先生や看護師さんたちにも『本当のことを言って』と伝えてある。
　どうせ死ぬ。
　もう……裏切られるのはうんざりだ。
　それからだった……。
『また明日』
　って言葉が嫌いになったのは……。

お隣さん

　それから数日たったある日。
「紗葉ちゃん、お隣さんに人いるからよろしくね」
　看護師さんに言われた言葉。
　……何回目かな。
　お隣さんがいなくなるたびに言われてきた。
「病気の方ですか……?」
「ううん、ケガみたい。ちょうど紗葉ちゃんと同い年の男の子よ。椎名さんって子」
「……ケガ?」
　……ケガってことは死なないんだ。
　死ぬ恐怖を知らないんだ。
　……私たちの苦しみ、知らないんだ。
　そう思うと、うらやましさと嫉妬が絡み合って黒いものになる。
　……ずるいよ。

　それから3日後。
「誠っ!　文化祭に間に合いそう?」
「まぁ気合いで、なんとか間に合わせるよ」
「てか誠、勉強いいの??」
「……大丈夫、だと思う」
「ちゃんと勉強しとかないといくら誠でもバカになるよ?

みんな学校で待っているんだから」
「気をつけます……」
　……はあ、と思わずため息をついて窓から空を見上げる。
　お隣さんにはお見舞いの人がよく来るらしく、私の部屋まで話し声が聞こえる。
『みんな学校で待っているんだから』
　うらやましいよ。
　私には、待っている人も行く学校もないんだから。
　私なんかとは違う元気な声。
　まるで毎日が楽しい、とでもいうような会話。
　そんなの聞きたくもないのに嫌でも声は聞こえてくる。
　……嫌い。大嫌い。むかつく。

　そして、翌日。
「誠！　来たよ！」
　相変わらず聞こえる声に、また嫌いな時間がはじまったんだと悟る。
「最悪……」
　ひと言そう呟いて、ベッドを叩いた。
　伝わる、振動。
　聞こえてくる声。
　嫌い、嫌い、すべてが嫌い。
　こんな体もこんな病気も。
　こんな自分も。
「じゃあ、また来るね！」

「りょうかーい」
　そう言って聞こえなくなった声。
　嫌いな時間が終わったことに安堵のため息が漏れる。
「はあ……ほんとなんなの」
　元気な人はそれなりに見てきたつもり。
　元気な声も聞いてきたつもり。
　でも、ここまで不愉快になるのは……なんで。
　……声を小さくしてもらうように頼もうかな。
　そう思い、廊下に出てみると人の姿はもうなかった。
　……そりゃ、帰っているよね。
　引き返そうと部屋のドアに手をかけた瞬間、隣の部屋の入り口に書かれた名前に目が行った。
【椎名誠】
　……仕方、ないよね。
　——トントン。
「はい。どちらさまですか？」
　一瞬、ドアをノックする手が止まる。
　びっくりするくらい澄んだ声で……。
「えっと……隣の朝日奈です……」
「どうぞ、開いてます」
「失礼します……」
　その声に、おそるおそる病室に入ると、足に包帯を巻いた美少年がほほえみながらこっちを向いていた。
「お隣さんが来てくれるなんてうれしいです」
　そう笑いながら言う彼がとても眩しく見える。

生きることに絶望している私とは違って、彼の目は希望に溢れていて。
　思わず、目をそらしてしまった。
「えっと……何かご用ですか？」
　彼は声まで輝いていて、自分の惨めさが引き立った気がして。
　……なんだか息苦しい。
「……お見舞いの人の声、うるさくて……声を小さくしてもらいたくて……」
「ああ……すみません……。あいつらには注意しときます」
　そう言って申し訳なさそうに眉を下げる彼。
「……それだけですので。失礼します……」
　……もう、なんでもいい。
　とりあえず、ここから立ち去りたかった。
「あ、ちょっと待ってください」
　病室に帰ろうとして向きを変えたとき、私の思いとは反対に彼の呼び止める声が聞こえる。
「……なんですか」
「同い年……ですよね、看護師さんから聞きました。俺、椎名誠です。よろしく」
「……朝日奈紗葉、です」
「タメ口でいいよ、同い年だし」
「うん、わかった……」
「じゃあ、俺から言いたかったのはそれだけだから」
「……失礼しました」

ドアを開けて病室から出るとき、彼は『またね』なんて言いながら笑顔で手を振っていた。
「ふぅ……」
　自分の病室に戻ってきて妙に安心する。
　なぜか彼とは住んでいる世界が違う気がして、ものすごく居心地が悪かった。
　いずれにしろ、彼の笑顔が眩しすぎる。
　彼は『またね』なんて言ったけれど、はっきり言って……もう二度と会いたくない。

嫌いな病室

「紗葉、おはよー。元気?」
「うん……元気……かな」
　例の彼、椎名誠がなぜか私の病室にいる。
　……しかも名前呼び捨てだし。
　朝、ドアをノックする音に呼び出され、ドアを開けると、にっこにこの笑顔の彼がいた。
　それで、まあ現在に至っているわけだけれども……。
「ねぇ、紗葉ったら聞いてる?」
「う、うん……」
　今も彼の希望に溢れている声は健在で。
　……まるで私にとっては拷問の時間。
「今日ってなんか予定あるの?　俺、リハビリだけど」
「薬もらうくらいかな……」
　さっきから話題を見つけて喋る彼。
　けれども彼の話なんて十分に聞ける状態なんかじゃなくて、答えるだけで精一杯だった。
　……とりあえずこの時間が早く終わってほしい。
「あ、そうそう、うちの学校、来月に文化祭なんだよね。俺、この足じゃ出られないかも……」
　そう言って落ち込む彼。
「ケガ……入院どれくらいなの?」
「んー、ケガだから、入院はそんなにかかんないよ。あと

10日くらいかな。ただ、退院後もリハビリがあるから定期的に通院するけどね」
「そっか……」
　私の入院生活7年間と彼の10日じゃ差がありすぎる。
　病気とケガの違いだけじゃなくて、ほかにも。
「……ねえ……昨日から思ってたんだけどさ」
　いきなり彼が真剣な顔になって口を開くから……なんか嫌な予感。
「……なんで紗葉は、病院にいるの？」
　……彼の質問に思わず握っていた拳に力が入る。
　予感的中。
「……びょ、うき……」
　そう言った私の声は震えていて。
「……なんの？」
「……"がん"。小6のとき、5年後の生存率は15％って言われた。つまり来年には……死ぬかな」
「……」
　黙り込む彼に言葉を続ける。
「……私ね、病院も病室も嫌いなの。お前は死ぬって言われているようで。看護師さんだってみんな治るって言っているけど本当は私は死ぬって思ってるもの」
「……怖くないの？　死ぬこと、怖くないの？」
　黙って下を向いていた彼が口を開く。
「……そりゃ怖いけど、よく考えるとそうでもないよね」
「え……？」

驚いた彼の顔に、思わず乾いた笑いがこぼれる。
「どうせみんないつかは終わる。みんないつかは死ぬんだもの。私はそのみんなよりちょっと早く終わるだけ。だいたい人生、長いか短いかなんてその人の価値観。……私は16年も生きれば十分だ」
「……かわいそうだね」
　下を向いて彼が言う。
「……どこもかわいそうなんかじゃない。どうせみんな死ぬんだから」
「……そうじゃなくて。これから生きることに希望がないの、かわいそうだなって」
　その言葉に驚いて顔を上げると、彼は切なそうにほほえんでいた。
「たしかに……辛いかもしれないけど、生きることを諦めた時点で終わりじゃないかな」
　……そんなの、私だってわかっている。わかっているよ。
　わかっていないのは彼のほう。
　そんなことにさえもイライラして唇を強く噛みしめた。
　私は生きることを諦めなきゃいけない運命なのに。
「じゃあ、俺リハビリの時間だから行くね。……また明日」
　そう言うと、彼はドアを開けてリハビリ室へ向かっていった。
　……私の大嫌いな言葉を残して。

準備期間

　——トントン。
　翌日の朝。
　ドアをノックする音に目を覚ました。
　しぶしぶベッドから起き上がってドアを開けると、
「おはよ、紗葉」
　……優しく笑う彼、椎名誠がいた。
「……」
「え、ちょっと待って！　無言でドア閉めないでよ……。せっかく紗葉に会いにきたのに」
「……頼んでないし、来てほしくないし、会いたくないし」
　あんな話を昨日したから、もうてっきり来ないと思っていた。
　……それに私は、昨日から余計に彼が苦手になった。
「そ、それは言いすぎではないでしょうか……」
「……帰って」
「いや、ほら『また明日』って言ったでしょ？　だから今日会わなきゃ。約束果たせないじゃん」
「……別に約束なんてしてないし」
「まぁ、たしかに俺から一方的に言ったんだけど……とりあえず、お邪魔します♪」
　笑顔で彼はそう言うと、病室の中に入ってきた。
「ちょっと！　勝手に入らないでよ！」

「お邪魔しますって言ったもん」
「問題そこじゃないから！」
「てか、また明日って言ったんだから紗葉も返してほしかったのに……」
　そう言って、しょぼんとする彼。
「……だって……嫌いだから……」
「……嫌い？」
「……また明日って言葉、嫌い」
「……なんで？」
「……」
「……病気絡み？」
　彼の言葉に無言で頷く。
「……明日が来るなんて保証はどこにもないから……」
　明日なんて生きてないかもしれないのに、また明日なんて言えない。
　会えないかもしれないのにまた明日なんて言えない。
　何よりも、
「明日って言葉が聞きたくない……」
　怖い。
　明日が来ることが怖い。
　明日、私はいないのかもって怖くて。
　現実を見たくない。
　……明日なんて考えたくない。
「そっか……ごめん。事情も知らずに軽々しいこと言っちゃって……」

なんとなく私の想いを感じたのか、申し訳なさそうに彼が謝る。
　また『かわいそう』とか、嫌味というか文句というか……そんな感じのことを言うんじゃないかって思っていたから、彼の反応に少し驚く。
「俺が思っている以上に……紗葉は辛い思いをしているんだね……」
　いきなり彼がそんなことを言うから、焦った。
「……何？　急に……。大丈夫？　頭打った？　昨日と違うこと言ってるけど……」
「ううん、昨日、部屋に帰ってから考えてみて。紗葉の気持ちになってみたら、辛かった。死ぬことにつねに怯えていて、いつも笑っているときも楽しいときもどこか頭の片隅には"死"って言葉があるんでしょ？　それってものすごく辛いんじゃないかな。俺、嫌味に聞こえるかもしれないけど病気とか風邪とか全然ならないから……死ぬってことがなかなかピンと来なくて。明日死ぬんじゃないかって考えたことが一度もないから……紗葉がどんなに辛いかなんてわからなかった。ごめん」
　そう言ってうつむいて謝る彼に、ボソッと呟く。
「……そんなに私の気持ちを考えてくれる人、久しぶり」
　ほとんどの人は、私の気持ちなんかきっと考えたことなくて。
　だいたい私の話を聞いてみんなが言う言葉は『かわいそう』とか『頑張れ』とか。

はっきり言って、『かわいそう』とか言われるのは見下されているようでむかつくし、『頑張れ』なんて……いったい何を頑張ればいいのっていつも思っていた。
　辛いよねなんて……言われたことなかった。
　昨日は好き勝手なことを言っていたくせにそんなこと言われると……調子が狂う。
「さ！　この話は置いといて！」
　すると、急に彼は今まで喋っていた暗い声とは間逆の、明るい元気な声を出した。
　それは昨日の彼。つまりいつもの彼で。
　……なんかかすかだけどほんの少し安心した。
「あ、そーそー。あいつら……あ、俺の友達ね。紗葉のこと話したら、ぜひとも会いたいって言ってきかないんだけど……ここに連れてきてもいいかな？」
　なんて思っていたら、衝撃的な言葉が飛んできた。
「は？　嫌だよ」
「そんなストレートに言わなくても……」
「嫌なものは嫌」
「なんでよー」
「なんでって言われても……」
『私なんかとは大違いの、未来に希望が溢れている元気な人と会いたくないから』
　……なんて言えるわけないじゃない。
「とにかくっ、絶対に嫌」
「紗葉、お願い！」

「嫌」
「このとおり！」
　そう言って彼は手を合わせる。
「絶対に嫌」
　……でも私の信念はそう簡単に折れない。
「なんでもするから!!」
「じゃあその人たちを連れてこないで」
「はぁ……」
　彼がため息をつく。
「言っておくけど、ため息をつきたいのは私のほうなんだからね!!」
「もう、わかったよ……あいつらには上手いこと言っとくから……」
「そうしてくれると助かる」
　これ以上、惨めな思いなんてしたくない。
　家族、看護師さんや先生以外で、彼みたいに死の順番待ちじゃない患者さんと喋るのさえ久しぶりだったのに。
　……まぁ、彼の声にもやっと慣れた。
　……目と目は、いまだに合わせられないけど。
「あ、そうだ。紗葉、なんかいい案ない？　俺ら、文化祭の出し物がまだ決まってなくてさ」
「……出し物？」
「そう。俺、文化祭にはギリギリ復活できるって言われたんだ。医者にも治りが早いって。だけど、準備期間までには間に合いそうもないから、その代わりにいい案を考えて

こいって。先生が」
「そっか。ほかのクラスは何やるの?」
　文化祭とかそういう行事をやったことないから、あまりピンと来ない……。
　修学旅行にも行けなかったからなぁ……。
　嬉々として話す彼にそう聞くと、思い出すように視線を上げて、ほかのクラスの出し物を教えてくれる。
「ほかのクラスも正式には決まってないんだけど、お化け屋敷とか劇とか……」
「まるでドラマみたいな文化祭……」
「そうなの! うちの学校、他校の見学OK。やりたいものなんでもOKみたいな、生徒が楽しめるドラマみたいな文化祭を目指してますって感じだからね」
「そうなの? 楽しそうだね……」
　私には関係ない、けどね。
「でしょ? なんか紗葉やりたいのない?」
「え、私は別に……」
　ドラマとか見ていて憧れはあったけど、私には関係ないからってあんま考えてなかったかも……。
「なんかあるでしょ、何かやりたいって」
「そんな急に言われても……」
「遠慮しなくていいから♪」
　そのとき、ふとある案が頭の中をよぎった。
「……メイドカフェ」
「え、メイドカフェ?」

彼の動きが一瞬止まる。
「やっぱダメだよね、あの、その、なんか昔から好きな女優さんが着てたからやってみたいなって思ってたんだけど、やっぱヘンだよね」
　不採用に決まっていると思い、うつむいていたら、
「それ超いいじゃん、メイドカフェ！　超青春！　今すぐ報告しないと！」
「え？」
　予想外の言葉が聞こえて思わず顔を上げると、笑顔の彼と目が合った。
　とっさに目をそらしたけど、心臓が今までにないようなドキドキを示していて、少し焦る。
　"がん"の進行が早くなった？
　……なんかそういう感じじゃない気がするんだけどな。
「俺、さっそく電話してくる！」
「あ、うん」
「じゃあ、紗葉ばいばい」
「……じゃあね」
　本当にメイドカフェが通るのかな。

　その後、1時間くらいすると、いきなり「ガラッ」というドアが開く音とともに、
「紗葉！　メイドカフェに決まったよ！」
　なんて言う彼の声が病室に舞い込んできた。
「……勝手に入ってこないでよ」

「あ、ごめんごめん。だって俺らの出し物がメイドカフェに決まったから、うれしくてつい。紗葉の案だし！」
　なぜか彼の明るさが、この１時間でパワーアップした。
　……なんで？
「みんなメイドカフェに乗り気だったよ」
「まさか、ほんとに決まっちゃうんだ……」
「俺らの学校、基本的に自由だからさ」
　「カフェで何を出そうかなー？」なんて言っている彼に聞こえないように、
「いいな……」
　ボソッと呟いた。
　やっぱり……うらやましい。
「ん？　何か言った？」
「いや……別に」
　どうやら聞こえなかったみたい。
　……よかった。
「あ、そういやメイド服どうしよー……」
「え？　買わないの？」
「うちの学校ほんと特殊なの。服とか自分たちで作んなきゃいけないし」
「え……デザインとかは??」
「それも自分たちで１から」
　そんな嘘みたいな学校……あるんだ。
「なのに、俺らのクラスには絵が上手い人がいないから、ひどい服になりかけたんだよ？」

「……そうなの？」

「うん、カフェスタッフの制服を描いてみたらひどすぎて、急遽(きゅうきょ)お化け屋敷に変更するところだったらしい」

　そう言って苦笑いする彼。

「そんなひどかったの？」

「うん！」

「いやそこ胸張って言うとこじゃないでしょ」

　笑いながら言う彼がおかしくて、私もつられて少しだけ笑ってしまった。

「紗葉、今、笑った……!?」

「……笑ってない」

「え」

「だから笑ってない」

「……照れなくてもいいのに」

「照れてないっつーの」

「ふは、でもかわいかったよ？　俺、笑っている紗葉のほうが好きかも」

「もう、テキトーなお世辞を言われても騙されないから」

　そう言って彼を見たとき、少しだけ、ほんの少しだけだけど彼の耳が赤かったのは……。

　気のせい、だよね？

「さて、話を戻すとしますか」

　うつむきながら話し出す彼。

「デザイン画だっけ？」

「そうそう、デザイン画。紗葉、絵とか描けない？」

「え……描け……る……かも」
　最後のほうの言葉はもはや消え入りそうなくらいのちっちゃい声が出た。
「え!?　本当に!?」
「……一応ね、デザイナーになるのが夢だったの」
「……描いてみてよ！　絵！」
　キラキラした目で私を見る彼。
「でも色鉛筆とかないし……」
「そっか。じゃ、あいつらに買ってきてもらう？」
「え!?　あの人たち来るの!?」
「あ、それは大丈夫。俺の病室に行かせるから安心して？」
「……なら、いいんだけど」
「じゃあちょっと電話してみるね」
　そう言って彼が病室を出ると、廊下から話し声が聞こえてきた。
「違う違う、だーかーら！　俺の病室に届けてって！　紗葉の病室に入っチャダメー！」
「だから、俺の病室に届けてって！」
「ふっ……なんか面白いんだけど」
　必死で説得している彼の姿が目に浮かんで、なぜか笑いが込み上げてきた。
「おー。じゃあ、届けてよ！　お・れ・の病室に！」
『俺の』ってとこ強調しているし。
　話し声が終わったと思ったら彼が病室に戻ってきた。
「どうだった？」

「買ってきてくれるって。俺の病室に届けてって説得するの大変だったんだけど」
　苦笑いをする彼に、また笑いそうになった……なんて言えないけど。
「でも色鉛筆を買ってもらうなんていいの?」
「あー、全然平気だよ。文化祭の予算?　なんて言うんだっけあれ。まぁいいや、そこから買うって言ってたし」
「へー……」
「……紗葉は?　学校……行ってるの?」
「……行ってない。ていうか、そもそも入学してないんだよね。高校に」
「そっか……」
「そんなしんみりすることないよ、どうせ通ってても全然行けないし」
　今まで何回もこの重い空気には触れて慣れてきたはずなのに、彼とこの空気になるとなぜか耐えられない。

　それから話は明るい方向へ進み、少しの間、雑談をしていると、
「誠ー!　買ってきたよーー!!!」
　なんていう声とともに、何人かの男の子と女の子が私の病室に入ってきた。
「は!?　なんで入ってくるの!?　俺の病室に届けてって言ったじゃん……」
「だって誠の部屋に行ったのに、誰もいなかったんだもん」

そう言って、ちょっとふてくされた顔をする背の高いさわやか系の男の子。
「だから来ちゃった。ごめんね」
　なんて言うけど、悪びれた様子は見せない少し背の低いかわいい系の男の子。
「絶対に"ごめん"なんて思ってないだろ……。お前ら早く帰れよ……」
　そんな男の子たちを見て彼はため息をつく。
「いいじゃんいいじゃん♪　買ってきてあげたんだから♪」
「そーそー。こっちは意外と大変だったのよ？　色鉛筆探しまわったんだから」
　そう言って笑う女の子たち。
「そのお礼はするんで、今すぐ俺の病室に帰ってください」
「んー、やだ♪」
　……さわやか系男子の笑顔が眩しい。
「てか紗葉ちゃん、めっちゃかわいいじゃん！　同い年だよね？」
「へっ!?　あ、はい……」
　いきなり話を振られて思わずヘンな声が出た。
　……恥ずかしい。
「ったく、早く俺の病室に行けよー」
「嫌だ。あたしたち、紗葉ちゃんと話したいもん。じゃあさ、男子と女子で分かれない？」
「いいね！　ガールズトーク！」
　そう言って笑い合う女の子たち。

「は!? いやいやいや、ダメだから! 却下!」

　なんて言う彼の言葉に耳を貸す様子はなく、あっさり男子と女子で分かれた。

　結局、私の病室に残されたのは、ポニーテールの女の子とボブの女の子と私。
「いきなり来ちゃってごめんね。紗葉ちゃんだよね? 中原真奈(なかはらまな)! よろしくね♪」

　そう元気に笑って自己紹介するのは、黒髪のポニーテールの子。

　……目が大きくて、かわいい感じの女の子。
「あたしは鳴沢恵(なるさわめぐみ)♪ よろしく」

　そして、ブラウン色のボブの女の子がほほえむ。

　ボブの子は、どっちかって言ったら美人系の顔だちで、大人っぽいオーラが出ていた。
「……朝日奈紗葉です」
「誠から聞いてるよー♪ かわいい子だとは聞いてたけど想像以上だわー」

　そう言って恵ちゃんと顔を合わせて笑う真奈ちゃん。
「そんなことないって……」

　絶対、あなたたちのほうが顔は整っているよ……。
「あ、そうだ。はい、頼まれてた色鉛筆」

　そう言って、恵ちゃんが24色の色鉛筆を差し出してくれた。
「どんな絵を描くの?」

　なんて目をキラキラさせている真奈ちゃんは、勝手にイ

スを用意して私のベッドの隣に座っている。
「どんな絵って、そんな上手くないよ……ただ、メイド服を描くだけだし……」
　そう言って、私は渡された色鉛筆を持つ。
　なんか久しぶり。
　最近、色鉛筆なんて持ってなかったからな……。
　とりあえず、手元にあったノートに描いていく。
　鉛筆が動く。
　顔ができる。
　袖ができる……。
「わお……すごい……」
　なんていう感激の声に少し照れながら描いていった。
　スカートに、レース、胸元のリボン……。
　だんだんできあがっていく女の子。
「すごい！　紗葉ちゃん上手い！」
　最後に靴を描いて仕上げたところ、真奈ちゃんにすぐさまほめられた。
「ほんと。ほんと。プロのデザイナー並みだよ！」
　隣の恵ちゃんも、そんなことを言ってくれる。
「いや、全然……あんま上手くできなかったし……」
「これのどこが!?　私の絵なんてお化け屋敷用になったんだよ!?」
「え、カフェスタッフの制服を描いたのって真奈ちゃんだったの？」
「そうそう。ひどかったね、あれは。今日、持ってくれば

よかったよ」
　なんて苦笑いする恵ちゃん。
「ちょっと、恵ひどくない!?　あれ、大真面目よ!　大真面目!」
「さらに紗葉ちゃんの絵を見ちゃったあとだからねぇ」
「紗葉ちゃんの絵に勝てるなんて思ってませーん」
「そんな、私の絵なんて全然……」
「え、もしかしてイジメ?　カフェ店員の制服がお化け屋敷用になった私へのイジメ?」
　そんな迫力で、ズイッて来られても……。
「……はい。黙ります」
　私は反射的にうつむく。
「こら、真奈。あ、紗葉ちゃん、絵ありがとね♪」
　そう言ってほほえむ恵ちゃん。
「全然!　私なんかの絵で役に立つなんてうれしい……」
「もー、謙虚なんだからっ!　かわいいー、好きーっ」
「わっ」
　いきなり抱きついてきた真奈ちゃんに、少しびっくりしてしまった。
　でもそれ以上に……うれしいのが大きかったのは、言わないでおこう。
「てか、誠もひどいよねー。紗葉ちゃんに会わせてくれてもいいじゃんねー」
「こら、真奈。やっと紗葉ちゃんから離れたのはいいけど、病室内を歩きまわらないの」

あれから３分間くらい真奈ちゃんは私に抱きついた状態で、離れるのを拒否する真奈ちゃんを恵ちゃんが無理やりはがした。
　それで今、真奈ちゃんは病室を歩きまわっている。
「あの、おふたりはどんな関係……？」
「あー、真奈とあたし　幼なじみよ、幼稚園ぐらいからの。腐れ縁ってやつ？」
「そーそー。恵とはクラス別れたことないよね♪　あ、それと誠も幼なじみなの」
「え？　彼も!?」
「そうそう、誠とは２回クラスが別れたけど、なにせ私と誠は家が隣同士だからさ。ね、恵？」
「え、うん」
　頷く恵ちゃん。
　家が隣同士で幼なじみ……。
　私にはそういう存在がいないから、なんかうらやましい。
「ほんと誠ったら、すぐ顔赤くなるし、昔は泣き虫だったし、大変だったんだよー」
「その泣いた原因の８割ぐらいは真奈のせいだけどね」
「え、真奈ちゃんが？」
「え、そうだっけ？　私なんかした!?」
「したした。大抵あんたが泣かせてたじゃん」
「あはは、記憶にないな☆」
「紗葉ちゃん、こいつ自分に都合の悪いことを忘れる天才なのよ」

「え、ひどくない!?　覚えてないだけなのよ!?」
「それを忘れるって言うのよ」
「なんか、真奈ちゃんらしい……」
「あ、紗葉ちゃん笑った！　かわいいー♪」

　そう言って、飛びかかるように私に抱きついてくる真奈ちゃん。

　かわいい……。

「あー、こら。真奈！　紗葉ちゃんにいちいち抱きつかないの！」
「いーやーだー！　離れなーい！」

　なんだかんだでこのふたり、仲いいし。

　そのまま少しの間、雑談をした。

　すっかり真奈ちゃんと恵ちゃんとも仲よくなれた……のかな。

　なんか、今までは元気な人と話すのに抵抗あったのに、そんなのすっかりなくなっていた。

　きっと、彼で慣れたのかな。

　……なんて思っていたら、本日２回目の勢いよくドアが開く音とともに、椎名くんと彼のお友達さんが病室に入ってきた。

「紗葉！　大丈夫？　なんかされてない？　真奈とか真奈とか真奈とか真奈とか真奈とかに」
「誠、黙れ。つか選択肢が、私しかないじゃんかよ。そんなに何かするように見える!?」

「「「「見える」」」」
　その場にいた私と真奈ちゃん以外の全員が、見事にハモッて答える。
「ぷっ……」
　その光景にあんぐりしている真奈ちゃんがなんともツボにはまって、思わず吹き出してしまった。
「紗葉ちゃん、笑わないでよー！」
　とか言いつつ、真奈ちゃんまで笑っている。
　恵ちゃんなんてもはや大爆笑だし。
　男子陣は……うん、苦笑いだね。
「早く引き止めに来たかったんだけど、徹と奏多が離してくれなかった」
　そう言ってむぅとほっぺたを膨らます彼。
「だってー、真奈に止めとけって言われたんだもん。めっちゃ笑顔で。あの怖さはヤバい。命の危険を感じた」
　そう言って真奈ちゃんを見る、さわやか系の男の子。
「うん、まあ徹はビビりなんだよ。あ、ちなみに僕の名前は北条奏多」
　かわいい系の男の子が自己紹介をする。
「俺の名前は高木徹です！　よろしく」
　そう言うのは、さわやか系の男の子。
「朝日奈紗葉です……」
　１日に２回も自己紹介するなんて……いつぶりだっけ。
「てか真奈と恵ばっかずるいよね。僕たちだって紗葉ちゃんと話してみたいし」

「うっさいなー。奏多。女々しいわね、あんた見た目も女々しくて中身も女々しいのか!」

　愚痴をこぼす北条くんに、うざったそうに答える真奈ちゃん。

「うわああああああああ!　女々しいってイジメられたああああああ!」なんて嘆きながら、高木くんに抱きつく北条くん。

「こら、真奈!　奏多に女々しいって言ったらダメでしょ!」
「そうだよ、真奈ー。お前はガサツなんだからさー」

　そう言って真奈ちゃんを叱る、恵ちゃんと……彼。

　どうやら北条くんに『女々しい』はタブーらしい。

「だって奏多が女々しいんだもーん♪」

　でも、当の本人はまったく気にしていない。

　まぁ……真奈ちゃんらしいけど。

「ふぇ、また女々しいって言った……」

　もはや涙目の北条くん。

　あぁ、なんかもう……かわいそうなんだけど面白くなってきた。

　ごめん!　北条くん!

　心の中で北条くんに謝りながらも、ちょっとだけ口元を緩めた。

　そして、北条くんが泣き出す5秒前……。

「あ、ところで、メイド服のデザインどうなった?」

　高木くんが話題を変えた。

「あー、それなら恵が……」

そう言って、顎で恵ちゃんを指す真奈ちゃん。
「はい。紗葉ちゃん、才能ありすぎだよね！」
　恵ちゃんが男子に紙を差し出す。
　ちょっと……照れる……。
「「「おー。すげぇー……」」」
　3人が声を揃えて言う。
「ぷっ……そんなすごくないよ」
　思わず吹き出して笑ってしまった。
「いや、すげえって！　ヤバいよこれ！」
「あはは、高木くんありがとう」
　笑いながら高木くんにお礼を言うと、ポッと高木くんが赤くなる。
　……なんで？
「ていうか名字なんて堅苦しくない？　名前呼びでいいよ。僕たち基本そうだし」
　そんな提案をしてきたのは、すっかり復活して元気になった北条くん。
「え……でも……」
「ほら、紗葉ちゃん呼んでみて♪」
「え……奏多くん……と、徹くん……？」
「それでよし」
　満足そうにほほえむ奏多くんと、もっと赤くなる徹くん。
　そして、なぜか少し不機嫌な椎名くん。
　……いや、だからなんで。
「ていうか、紗葉ちゃんはこんなに才能があるのに、デザ

イナーとかイラストレーターとか目指さないの？」
　真奈ちゃんが唐突にそんなことを言ってきて、
「え、ちょ、真奈！」
　なんて焦る椎名くん。
「前は……目指してたんだけど、もう目指せないの」
　窓の外の空を見ながら言う。
　自分でも驚くくらい、よく通る声が出た。
『紗葉と私でトップ目指そうね！』
　懐かしい声が聞こえてきた。
　ごめんね。
　ごめんね。
　美由紀……。
「そう……なんだ……」
　真奈ちゃんの声が小さくなると、病室に気まずい空気が立ち込める。
「いや、別に気にしてないからそんな気をつかわないで」
　笑って言うと、張り詰めていた空気が少し和らいだ。
「あ、ところでさ……」
　高木くん……じゃなくて、徹くんが話題を変える。
　彼は、タイミングよく話題を変えられる天才なのかもしれない。

　それからしばらく楽しく雑談していたら、真奈ちゃんたちは帰っていった。
　残されたのは私と椎名くん。

「あの……紗葉。ごめんね、あいつら勝手に来ちゃって」
　申し訳なさそうに口を開いた椎名くん。
　そういや……私、会うの嫌だって言ったよな……。
「ううん、全然。なんであんな嫌だったんだろうってくらい楽しかった。むしろありがとう」
　きっと私、今ものすごい自然に笑えている。
「そっか……なら、よかったんだけど……。ほら真奈とかって結構グイグイ行っちゃうからさ、大変かなって」
　安堵の表情を浮かべると椎名くんは、ふにゃりと柔らかく笑った。
「あはは、たしかに。でも私、真奈ちゃんみたいな性格の子、意外と好きかも。話しやすかったし」
　真奈ちゃんと恵ちゃんたちと話す時間は本当に楽しくて、楽しすぎて……病気のことなんて忘れていた。
「あんなに笑ったの久しぶり。病気なんて忘れて私、真奈ちゃんたちと同じ元気な人なのかもって錯覚しちゃいそうだったもん」
「そっか、ならまたどうせ来たいって言うだろうから連れてきていい??」
「もちろん、大歓迎だよ」
「……やった、みんなに伝えとく！」
　そう喜ぶ椎名くんに、私の頬はまた緩んだ。
　……早く真奈ちゃんたちと会いたいな。
「なんか紗葉、1日で結構変わったね。雰囲気が柔らかくなった」

「そうかな……。でもたしかに、今までは何も楽しいことなかったからね。ここで残された時間をつぶしているだけだったから……。久しぶりに楽しかったからかも」

　彼のおかげで、元気な人と話すのも慣れたしね。
「そっか。よかったら、紗葉も文化祭に来てよ。みんな大歓迎だから」

　そう言って笑う彼。
「うん、お医者さんに聞いてみる。3日前がちょうど検査の日だから」
「え、来てくれるの??」
「許可が出たらね」
「よっしゃ！　みんなにあとで報告しとくね」

　小さくガッツポーズをして喜んでる彼を見ると、こっちまでうれしくなる。

　検査は大嫌いだけど文化祭に行けるなら……。

　そう思うと楽しみに思えてきてしまう。

　いったいどうしたの、私。
「じゃあ、紗葉。またあし……あ、ごめん。じゃあ、ばいばい」

　そう言って、部屋に戻っていった椎名くん。

　今、『また明日』って言おうとした……よね。

　でも、ごめんね……。

　その言葉だけは、どうしても好きになれないの。

　ひとりになった病室で、数年前のことを思い返す。

　さっき……また思い出しちゃった。

『私ね、大人になったらヘアメイクさんになりたいんだ!』
『紗葉と私が組めば最強で最高なの。だから、死ぬなんて言わないでよ、生きてよ。一緒に生きようよ』
　久しぶりの記憶。
　久しぶりの声。
　私は成長したのに、美由紀はずっと変わらない。
「ごめんね、やっぱ……夢を叶えられそうにない……。ごめんね、約束守れなくて……。ごめんね、美由紀」
　呟いては涙が溢れてくる。
　あのときだってたくさん泣いたのに、いつになったら涙が枯れるの?
　どれだけ泣いたら私は気が済む?
　このときの呟きが、椎名くんに聞こえていることに私は気づいていなかった……。

惹かれる想い【誠side】

　第一印象は、『笑わない子』だった。
　俺の部屋に、真奈たちの声がうるさいって訪ねてきた美少女。
　……朝日奈紗葉。
　看護師さんから同い年だって聞いていたけど、嘘だ、と言いたくなるくらい彼女は大人びていた。
「えっと……何かご用ですか？」
「……お見舞いの人の声、うるさくて……声を小さくしてもらいたくて……」
　一瞬だけ目が合ってから俺を一切見ることはなく、ずっとうつむいていて、まるで…何かに怯えているみたいだとも思った。
　何に怯えているのか、そのときはよくわからなかった。
「ああ……すみません……。あいつらには注意しときます」
「……それだけですので。失礼します……」
　でも、そう言って背を向けて帰ろうとする彼女を思わず呼び止めてしまった。
　なんで呼び止めたのか、自分でも不思議だったんだけど。
　考えるよりも先に声が出た、と言ったほうが正しいかも。
　そんなことを考えているうちに、
「……なんですか」
　と振り返った彼女に思わず息をのんだ。

相変わらず視線は合わないけど、澄んだぱっちりとした瞳に、艶(つや)やかに伸びる長い黒髪。
　肌は透き通るように白くて、可憐(かれん)さを引き立たせていた。
「同い年……ですよね、看護師さんから聞きました。俺、椎名誠です。よろしく」
　引き止めてしまったことにハッと気づいて、自己紹介をすると、
「……朝日奈紗葉、です」
　そう無表情で小さく呟く。
　なんでだろう、彼女をもっと知りたかった。
　そう思ったら、『またね』なんて言葉が口から出ていた。
　けれどその言葉を聞いた瞬間、彼女が少しだけ顔を歪ませたのが見えて……。
　俺、なんかヘンなこと言ったのかな……。
　ドアが閉まって、ひとりの病室。
　考えてみてもなんだかよくわからなくて、また明日、彼女に会ってみようってそう思った。

　翌朝、【朝日奈紗葉】と書かれている病室のドアをノックすると、しばらくして、紗葉がドアを開けてくれる。
　歓迎されているわけじゃないけど、拒まれなかったことがなんだかうれしくて、つい口元がほころぶ。
　……いや、ほころぶどころじゃなくて、すごい笑顔になっている気がする。
　……単純かよ、俺。

「今日ってなんか予定あるの？　俺、リハビリだけど」
「薬もらうくらいかな……」
　いまだに目は合わせてくれないけど、他愛ない話でも聞いたことにはちゃんと返してくれる。
「ケガ……入院どれぐらいなの？」
「んー、ケガだから、入院はそんなにかかんないよ。あと10日くらいかな。ただ、退院後もリハビリがあるから定期的に通院するけどね」
「そっか……」
　紗葉が聞いてきた質問に答えると、少しだけ彼女の顔が歪む。
　まるで、晴れた空に一瞬にして雲が立ち込めるように、無表情だった顔が暗くなっていった。
　……昨日の『またね』の言葉と何か関係があるのか？
「……ねぇ……昨日から思ってたんだけどさ……なんで紗葉は、病院にいるの？」
　そう聞くと、紗葉は一瞬、怯えたように下を向いて、膝の上で握っている拳に力が入っているように見えた。
「……びょ、うき……」
　そう言った紗葉の声は震えていて、それでも話してくれようとするから……。
　今じゃなきゃ聞けない。
　今じゃなきゃ、紗葉のことをもう知ることができない。
　なんだかそんな気がして、俺は黙って彼女の話を聞いていた。

でも最初は、ぽつりぽつりと悲しむように喋っていた紗葉が突然、乾いた笑みをこぼすから驚いて顔を上げる。
「どうせみんないつかは終わる。みんないつかは死ぬんだもの。私はそのみんなよりちょっと早く終わるだけ。だいたい人生、長いか短いかなんてその人の価値観。……私は16年も生きれば十分だ」
　泣きそうな顔をしているのに、透き通るキレイな声でそんなことを言う。
　……だけど、自分に言い聞かせるみたいな言い方。
「……かわいそうだね」
　そんなことを思っていたら、自然と言葉が出ていた。
　……たしかに生きていたら、確実にいつか終わりは来る。
　でも、今は生きている。
　まだ、終わりなんかじゃない。
　生きているのに、もう十分なんて……。
　そんなの寂しすぎる。
「……どこもかわいそうなんかじゃない。どうせみんな死ぬんだから」
「……そうじゃなくて。これから生きることに希望がないの、かわいそうだなって」
　諦めないで。
　そう思ってほほえんでも、紗葉の顔はいっそう泣きそうになるだけだった。
　……紗葉が笑わないのも、何かに怯えているのも"がん"が原因？

強く唇を噛みしめている姿を見て、正解だと感じる。
　……やっとわかった。
「じゃあ、俺リハビリの時間だから行くね。……また明日」
　それだけ言って彼女の病室から去ると、リハビリルームへ向かうために廊下を歩く。
　……紗葉の笑った顔が見てみたい。
　今をもっと幸せに生きさせてあげたい。
　なんだか無性にそう思った。
　……なんて、お節介かな。

「んー……、どうしたらいいんだろ」
　本人からしたら俺となんて関わりたくないだろうけど、なぜか放っておけない。
　ひとり言を呟いて考えていると、ブーッとマナーモードのスマホが震えて着信を伝える。
　……真奈からだ。
《あ、もしもし誠!?　文化祭いい案ない!?　こっちさ、一切いいの出なくて、先生にも考えてこいって言われてるでしょ!?　恵を実行委員に無理やり決定させたから、もうすっごいの!　どす黒いの!　オーラが!　助けて!》
「ふは、恵、怒ってるでしょ」
《当たり前じゃん!　だから困ってるの!!》
　通話ボタンを押した途端、聞こえてくる元気な声に笑いながら、迷惑にならないように立ち止まって少し小さめの声で話す。

《笑ってる場合じゃないよおおお！　どうすんの！　私、このままじゃ恵のせいで髪の毛なくなるかもよ!?　毛根とサヨナラしなくちゃいけないかもよ!?　嫌だよ、そんなの！奏多にいじられまくるじゃん！》
「ごめんごめんって、いいと思うよ、恵にやってもらいな？」
《……誠のバカやろおおおおおお!!》
　電話口から聞こえる絶叫に笑いながら、ふっと紗葉の顔を思い出す。
「ねえ、真奈……。生きてるってなんなんだろうね？」
《……は？　何、いきなり》
　少しトーンを落として問いかけると、案の定、真奈がすっとんきょうな声を上げる。
　まあ、たしかに何を言ってんだろ、って感じだよね。
「いや、ちょっとね。生きることを諦めてる子を笑わせてあげるにはどうしたらいいかなーって」
《えー、うーん……どうなんだろうね、難しくない？　私たちってさ、生きてることを当たり前に思っちゃってるじゃん。だけど、その子にとってはそれじゃダメなんだよ、きっと》
「当たり前じゃダメ？　どういうこと？」
《明日、死ぬかもしれないって誠は考えたことある？　ないでしょ。きっとそれと一緒。相手の気持ちになってみないとわかんないんじゃない？》
『相手の気持ち……』
　紗葉の気持ちになるってこと？

「わかった、真奈ありがとー」
《うん、なんか上手いこと言えないけど……、でもさ、誠にそんなこと考えさせるってどんな子?》
「……いや、普通に女の子だけど」
《かわいい!?》
　食いつくように聞いてくる真奈に、ヤバいと察する。
　真奈、今、絶対にニヤニヤしていると思う。
「か、かわいいけど……ていうか美人?」
《名前は?　会いたい!!》
　言うと思った!
　だけど、真奈の願望は却下する。
「……朝日奈紗葉。会うのは、たぶん無理だと思う」
《なんで!?　頼んでよ!　頑張れ、誠!　あ、待ってヤバい。電話してるのが恵にバレた。ヤバい、これヤバい。すごいヤバい。私の危機》
　真奈はそう言うと、俺の答えも聞かずに『よろしく!』って言って電話が切れる。
　さっきまですごくいいこと言っていたくせに、人の話なんて一切聞かないから相変わらずだなって少し笑う。
　……まあ、だからこそ真奈なんだけど。
「明日、死ぬ、か……」
　ボソッと呟いてみる。
　真奈の言うとおり、たしかに考えたことなんか……ない。
　笑っていても楽しんでいても、"死"の言葉がつきまとっているなんて……辛いよな、絶対。

次の日、いろいろと考えた結果、紗葉の病室に行くと、ドアが開けられた瞬間、無言で閉めようとされて少し焦る。
　こ、拒まれている……!?
　ちょっとショック。
　いや、そりゃあ昨日、紗葉の気持ちも考えずにいろいろ言っちゃったんだけど……。
　でも、中に入れてもらえないと喋ることができないから、ちょっと強引に中に入る。
「てか、また明日って言ったんだから紗葉も返してほしかったのに……」
　俺が言うと、少し気まずそうな顔をしてまたうつむく。
「……だって……嫌いだから……」
「……嫌い？」
　紗葉からの返事を待っていると、思ってもみなかった言葉が返ってくる。
「……また明日って言葉、嫌い」
　嫌いって『また明日』って言葉が？
「……なんで？」
「……」
　聞いても返ってこないくらいだから、本当に嫌いなんだなと思った。
「……病気絡み？」
　無言で頷く紗葉を見て、切なくなった。
「……明日が来るなんて保証はどこにもないから……」
　——明日、死ぬかもしれないって誠は考えたことある？

ないでしょ。
　昨日の真奈の言葉を思い出す。
　……紗葉はずっと明日死ぬかもしれないって怯えていた。
　その恐怖を、ずっとひとりで抱えていたんだ。
「そっか……ごめん。事情も知らずに軽々しいこと言っちゃって……」
　謝ると、少し驚いたように紗葉が目を見開いていた。
「……何？　急に……。大丈夫？　頭打った？　昨日と違うこと言ってるけど……」
「ううん、昨日、部屋に帰ってから考えてみて。紗葉の気持ちになってみたら、辛かった。死ぬことにつねに怯えていて、いつも笑っているときも楽しいときもどこか頭の片隅には"死"って言葉があるんでしょ？　それってものすごく辛いんじゃないかな。俺、嫌味に聞こえるかもしれないけど病気とか風邪とか全然ならないから……死ぬってことがなかなかピンと来なくて。明日死ぬんじゃないかって考えたことが一度もないから……紗葉がどんなに辛いかなんてわからなかった。ごめん」
　自分の意見を押しつけるんじゃなくて、相手の気持ちを考えることができたら……。
　相手をもっと尊重できたら……。
　もう少し寄り添うことができるのかな。
「……そんなに私の気持ちを考えてくれる人、久しぶり」
　うつむいて謝る俺に、降ってきた言葉。
　その言葉に顔を上げると、紗葉の顔が前よりも晴れた表

情に見えた気がした。
　……気のせい、じゃないよね？
　そのとき、真奈からのお願いを思い出す。
「あ、そーそー。あいつら……あ、俺の友達ね。紗葉のこと話したら、ぜひとも会いたいって言ってきかないんだけど……ここに連れてきてもいいかな？」
「は？　嫌だよ」
　ですよね。
　ストレートに言われた言葉に、心の底から納得する。
　その後も、紗葉の答えは『NO』。
　でも、真奈は言い出したら俺の話なんて聞かないし、恵までノリ気になったら手に負えない。
「紗葉、お願い！」
「嫌」
　必死に頼んでも紗葉は首を横に振る。
　まあ、当然なんだけど……。
　それでも懲りずに頼み続けても、紗葉は首を縦に振ってくれなかった。
「もう、わかったよ……あいつらには上手いこと言っとくから……」
　仕方ない、真奈には『無理だった』と言おう。
　……恵には、真奈から紗葉の話はされていないことを祈るしかない。
「あ、そうだ。紗葉、なんかいい案ない？　俺ら、文化祭の出し物がまだ決まってなくてさ」

話題を変えようと文化祭の案を聞くと、紗葉は不思議そうな顔をしたので少しだけ説明する。
　戸惑っている紗葉から案を聞き出そうとすると、小さな声で「……メイドカフェ」と言われる。
　……メイドカフェ？
　……なんか青春じゃない？
　……え、普通によくない!?
「それ超いいじゃん、メイドカフェ！　超青春！　今すぐ報告しないと！」
　俺が賛成の声を上げると、少しビクッとして顔を上げた紗葉と目が合った。
　……あ。
　すぐに目をそらされたけど、たぶん俺の顔、赤い。
「俺、さっそく電話してくる！」
　とりあえずごまかすようにスマホを取り出しながら、病室を出た。
　目と目が合っただけなのに、こんなにうれしいなんて。
　……ヤバいな、これ。

　その後、徹に電話すると、すぐにクラス内に伝えられ、即OKが出たらしい。
　紗葉の案が採用されたことがうれしくて、思わず笑みがこぼれる。
　さっそく紗葉に報告しなきゃ、と思って紗葉の病室のドアを開ける。

音に反応したのか、少し驚いた紗葉がこっちを向く。
「……勝手に入ってこないでよ」
　なんてそんな言葉は聞こえない。
　うん、聞こえない。
　即採用だったってことを話すと、「まさか、ほんとに決まっちゃうんだ……」って、なぜか呆然とされる。
　まあ、俺らのクラスだからね。
　みんな自由だし。
　ってヤバい……！
「あ、そういやメイド服どうしよー……」
　……いちばんの問題を忘れていた。
　きっとクラスのみんなも今、困っているであろう。
　真奈が描いたカフェスタッフの制服を写メで見せてもらったけど、ひどかったもんな……。
「え？　買わないの？」
「うちの学校ほんと特殊なの。服とか自分たちで作んなきゃいけないの」
「え……デザインとかは??」
　珍しく紗葉が興味を持ってくれているみたいだから、不思議に思いながらも説明していく。
「なのに、俺らのクラスには絵が上手い人がいないから、ひどい服になりかけたんだよ？」
「……そうなの？」
「うん、カフェスタッフの制服を描いてみたらひどすぎて、急遽お化け屋敷に変更するところだったらしい」

そう言って苦笑いをする。
　……なんで真奈は、自分がカフェスタッフの制服を描けると思ったのか不思議だけど。
「そんなひどかったの？」
「うん！」
「いやそこ胸張って言うとこじゃないでしょ」
　俺が堂々と頷きながら大きな声で笑うと、つられたように紗葉も笑う。
　……え、笑った!?
「紗葉、今、笑った……!?」
「……笑ってない」
　だけど……本人は認めてくれない。
　それでも見せてくれた笑顔は本当にキレイで、顔にどんどん熱が集まるのがわかった。
　……やっと、見られた紗葉の笑顔。
　うれしくて思わず口角が上がる。
　……それがバレないように、うつむいた。
「さて、話を戻すとしますか」
「デザイン画だっけ？」
「そうそう、デザイン画。紗葉、絵とか描けない？」
「え……描け……る……かも」
　ダメもとで聞くと、消え入りそうな小さな声で返事が返ってくる。
「え!?　本当に!?」
「……一応ね、デザイナーになるのが夢だったの」

そう言って切なそうな瞳をするから。
　……深いことは聞けなかったけど、紗葉が描く絵を見てみたいと思った。
「……描いてみてよ！　絵！」
「でも色鉛筆とかないし……」
　紗葉の言葉にそれもそうか、と頷く。
　とりあえず恵たちに買ってきてもらうってことで了承してもらえたから、廊下に出て電話する。
　ただし、みんなには俺の病室に来てもらうことが条件。

《……もしもし、誠？　どうしたの？》
「あ、恵？　あのさ、メイド服のデザイン決まった？」
《まだに決まってるじゃない。今、真奈が私が描くとか言って奏多に罵（のし）られてる最中》
　恵の言葉に、「ああ……」と言葉を漏らす。
　うん、なんか想像できた。
《で、用件は？》
「あ、うん、紗葉……あ、一緒の病院にいる子がデザイン画を描いてくれそうだから、色鉛筆を買ってきてってお願いです」
《ああ、そういうこと……。真奈ー！　誠が紗葉ちゃんに色鉛筆を買ってこいって！》
「ちょ……!?　恵、待て！」
　真奈になんて伝えたら、全力で紗葉に会うって言うに決まってるだろ！

《は？　何？》
「違う違う！　だーかーら！　俺の病室に届けてって！　紗葉の病室に入っちゃダメー！」
《え、もう真奈は紗葉ちゃんに会う気満々だけど？　ていうか、あたしも奏多も徹も会う気満々だけど？》
　……ウソだろ。
　恵には紗葉のことが話されていませんように……って祈りは届かなかったのか……。
　すべて筒抜け状態。
　だけど、ガックリしている場合じゃない。
「だから、俺の病室に届けてって！」
《はいはい、わかったわかった》
『おー。じゃあ届けてよ！　お・れ・の病室に！』
《はーい》っと言って切れた電話をそっと睨む。
　恵がいるから大丈夫だとは思ったけど……恵も会う気満々だからな……。
　この後のことを考えると、ドッと疲れが押し寄せてくる気がした。

　そのあと病室に戻って紗葉と少し雑談していると、
「誠ー！　買ってきたよー!!」
　なんてドアが開く音とともに聞き慣れた声が舞い込む。
　……嫌な予感、的中。
「は!?　なんで入ってくるの!?　俺の病室に届けてって言ったじゃん……」

「だって誠の部屋に行ったのに、誰もいなかったんだもん」
　ちょっとふてくされた顔をするのは徹。
　いや、嘘だろ……。
　絶対に俺の部屋になんか行ってないだろ……。
　俺が帰れって説得しても俺の言葉を聞き入れる耳を持っている人などいなくて、いつのまにか男子と女子で別れさせられていた。

「お前らなんなんだよー!?」
「なんなんだよって、徹ですけど？」
「奏多ですけど」
　いや、それはもうとっくに知っている……ってそうじゃなくてさ。
　今、俺は男子連中と俺の病室にいる。
「なんで俺の病室に来いって言ったのに紗葉に会うわけ!?」
「だって、真奈が『誠に好きな人ができるかも！　ヤバいかわいい子だって！　どうしよう！　会いたい！』って騒ぐから、俺たちも会いたくなるじゃん？」
　真奈のバカ！
　そんなふうに言ったら、確実にこいつらまで来ることくらい目に見えんだろ！
「いいじゃん、僕たちだって紗葉ちゃんに会いたかったし」
「そーだそーだ、誠だけいくら好きだからってずるいぞ！」
「ばっ……、そういうんじゃないから！」
　徹の言葉にいくら否定しても、ふたりともニヤニヤして

いるだけでまるで信じてくれそうにない。
「いや、そんなに顔を真っ赤にさせてる人の言葉を、どう信じろと？」
　……奏多にそう指摘されてハッと鏡を見ると、たしかに真っ赤になった顔が映る。
　……図星だと言っているようなものじゃん、これじゃ。
　なんてモヤモヤ考えていると、いつのまにか徹も奏多も俺から手を離していた。
　……うん、今がチャンスだね。
　そう思って、俺は自分の病室をダッシュで抜け出す。

　紗葉の病室に向かってドアを開けると、きょとんとした紗葉がこっちを見た。
「紗葉！　大丈夫？　なんかされてない？　真奈とか真奈とか真奈とか真奈とか真奈とかに」
「誠、黙れ。つか選択肢が、私しかないじゃんかよ。そんなに何かするように見える!?」
「「「「見える」」」」
　いつのまにかうしろにいた奏多や徹たちも含む紗葉と真奈以外がハモって答える。
　その光景にあんぐりした真奈を見た紗葉が、いつのまにか笑っていて……。
　……あ、笑っている。
　……なんだか俺までうれしくなった。
　ていうか、真奈たちには笑うの早くない？

なんて少し思ったけど、紗葉が楽しそうにしているなら
それでいいやって思った。
　……もっと紗葉の笑顔を見たい。
　もっと紗葉のことを知りたい。
　もっと紗葉のそばにいたい。
　そう思うのは、なんでだろう。
　人はこの感情を、なんて呼ぶんだろう。
　これが『好き』ってことかな……。

検査

「紗葉！　おはよ！」
「おはよ」

　翌日からも毎日のように椎名くんが病室に来て、それから真奈ちゃんたちが、ときどき来てくれる。

　そんな日々の繰り返し。

　でも……そんな日々が楽しかったりもする。

　そして、いつのまにかときは流れて……。

　椎名くんたちの学校は、文化祭の3日前。

　椎名くんは、退院の前日。

　そして私は……検査の日。

「紗葉ちゃん、今日はなんの日かわかるわよね」
「検査の日……ですよね」

　看護師さんが切なそうに笑って私を迎えにきた。

　昔から検査の日が大嫌い。

　いい子を演じていた小学生のころから検査の日だけ逃げ出していたからか、毎回、看護師さんが迎えにくる。

　……もう私、高校生なんだけどね……。

　そう思いながら、しぶしぶ看護師さんと一緒に診察室へ移動した。

　診察室に入るとお医者さんがひとり。

　白いヒゲの優しそうなおじさんは、ずっと昔から私の担

当医師。
　橘田(きった)先生。
「紗葉ちゃん、よく来たね！　また逃げ出しちゃうかと思ったよ」
　そう言って優しく笑う先生。
「さすがにもう高校生なんで」
　私は、思わず苦笑い。
　ひととおり検査をして、また先生のところへ戻ってきた。
「先生、私……３日後の文化祭に行きたいんですけど……」
「文化祭？　どこの？」
「あ、あの……友達の学校の」
「そういうことか。あまり激しい運動はしないように。それから無理はしないこと。それができるなら許可を出すよ」
「わかりました」
「うん、じゃあ、ご両親にも連絡をしておくね」
　そう言って優しく笑った先生の顔が、悲しそうな顔になったと思ったら……、
「……紗葉ちゃん。もうそろそろ覚悟を決めてほしい」
　先生がそう言った。
「……半年。長くて１年てところだろう」
「……」
　先生が言いたいことはわかるよ。
　嫌でもわかるよ。
　何年この環境にいたと思っているの。
「だから、したいことをしてきなさい。残りの時間を生き

たいように生きなさい。先生もできる限りのことはするから。文化祭は楽しんでおいで」
「はい……ありがとうございました……」
　そう言って、私は診察室を出た。
　半年か１年……。
　その事実を聞かされても、私は不思議なほど落ちついていた。

　病室に行くと、すでに椎名くんがいた。
「紗葉がいなくてびっくりしたんだけど……そっか、検査の日だったんだ」
　そう言って彼は笑う。
　そんな彼に、とりあえず笑ってみせた。
　……思いっきり作り笑いだったけど……。
　すると、彼は不機嫌そうに眉を動かした。
「なんかあった？」
「……別にないけど」
　あったよ。
　思いっきりあったよ。
「嘘。なんかあったって顔してる」
　……なんでバレちゃうの。
　やめて、泣きたくなっちゃう。
　やめて、それ以上……悲しそうな顔をしないで。
　どうして？
　どうして、あなたがそんな顔をするの？

「まぁ、そんなことはいいじゃん」
　そう言って、椎名くんの横を通りすぎようとすると腕を掴まれた。
「何っ……離してっ……」
「何があったか知らないけど……そんな顔しないで。そんな顔だと恵たちも悲しむと思うし。紗葉には笑っていてほしい」
　彼の目は真剣そのもので、なぜか目がそらせなかった。
「……ごめん。ちょっとひとりにさせて」
　この雰囲気と彼の視線に耐えられなくて、気づいたらそう言っていた。
「……わかった。じゃあ、リハビリ行ってくる」
「あ、明日退院だった……よね」
「うん、もしさひとりになって落ちついて気が向いたら、俺の病室に来てくれない？　文化祭のことで真奈たちが来るしさ」
「……わかった」
「じゃあ、行ってくる！」
　そう言うと、いつもの人懐っこい笑顔を見せて、椎名くんは病室を出ていった。

　ひとりになった病室はやけに静かで、無性に寂しくなった。
「そっか……彼も明日で退院じゃん。もう関係ないじゃん」
　自嘲気味にそう言ってベッドに座った。
「早い……なぁ」

どうして。
どうして。
どうしてこんなに悲しいの？
どうしてこんなに寂しいの？
どうして涙が出てくるの？
「きっと久しぶりに仲よくなったから。久しぶり……に、楽しかったから」
　だから、寂しいだけ。
　そうだよ。
　橘田先生に告げられた事実に、悔しくて悲しくて涙が出てくるだけ。
「……誰かっ、教えて。涙が止まる方法……おし、えてよ」
　それでも涙は止まらなくて、ずっと泣いていた。

「真奈ちゃんたち、来ちゃう……」
　30分ぐらい泣いていたら、やっと涙も止まって落ちついてきた。
　でもその代わり、目が真っ赤になっている。
　腫れぼったいし。
「こんな顔じゃ……会えないよ」
　でも、会いたい。
　明日、椎名くんが退院したら関係なくなっちゃうから、みんなに会いたい。
「あああ、どうしよう」
　もうすぐ彼のリハビリが終わる。

会いたいけど、こんな顔じゃ無理。
　ベッドについている白い机に顔を伏せる。
「あ、冷たい……」
　でも……悩んでいてもしょうがないから、ここにいよ。
　会いたくても無理なものは無理。
「……寝よ」
　真奈ちゃんたちの声を聞いたら会いたくなるから、寝ることにした。
　検査で疲れたし、泣いたから眠いし……。

「あ、起きた」
　眠りから覚めて目を開けると、どアップで人の顔。
「う、ん……誰……」
　ぼんやりした頭で焦点を合わせた。
「え、お母さん!?」
「気づくの遅い！　実の母を思い出すのにそんな時間かかる!?　まったく。しかも第一声が『誰』って……お母さん泣きたいわよ……」
　そう言って、心底残念そうな顔した私のお母さん。
「って、なんでいるの」
「えー。お母さんが来ちゃダメなの？　いいでしょ？　それに今日は検査の日だったからさ♪」
「いや、まったく理由がわからない」
「紗葉が逃げ出したら困るでしょ？」
　……私、どれだけそのネタで引っ張られるのか。

「もう逃げないよ」
「そうね、紗葉はもう高校生だもんね」
　なんて言って、笑うお母さん。
　昔からお母さんは明るい性格。
「あ、そうそう。私が来たとき、男の子が病室の前で何か考え込んでいたわよ。なんだっけ、しい……な……まことくんだっけ？　病室、お隣なんですってね」
「え、彼が!?」
「ええ、そうよ。なんかすっごくためらってたみたい。お隣の病室からたくさん声がしたから、お友達も一緒だったんじゃないかしら」
「それで、どうしたの!?」
「何、そんなに慌ててるのよ。いや、紗葉に用事みたいだったから病室に入れたんだけど、紗葉が寝てたから少しだけ私とお話しして帰っちゃったわよ」
「……何を話したの」
「はは、雑談よ。彼、いい子ね。彼からも、文化祭の話は聞いたわよ」
　そう言って、楽しそうに笑っているお母さん。
「え!?」
「検査もあったけど、本当は橘田先生から『3日後に外出許可を出したから』って言われて顔色を見に来たのよ」
「そうだったんだ……」
「ひとりで行けそう？」
「うん、大丈夫だと思う」

「わかった。じゃあ、めいっぱい楽しんでいらっしゃい。でも何かあったら、すぐに連絡しなさいね」
「うん、わかった。お母さん……今、何時？」
「ん、今は……18時を少しすぎたところよ」
　……私、結構寝ていたのか。
「……そろそろ、美由紀ちゃんの命日ね」
　お母さんが暗くなった窓の外を見ながら呟いた。
「……わかってる」
「じゃあ、またその日に迎えにくるからね！　それじゃ、お母さんは帰るわね」
「ばいばい」
　お母さんは、笑顔で帰っていった。

　なぜ、私のまわりには笑う人が多いのか。
「もう、あの日……か。……早いな」
　なんてボソッと呟く。
　そのとき、隣の部屋から声が聞こえた。
「紗葉ちゃん起きたのかな？」
　……真奈ちゃんの声。
「え、まだいるの……？」
　面会時間はあと2時間ある。
「こら、真奈。静かに。紗葉ちゃんが起きちゃったらかわいそうでしょ!?」
　そして、真奈ちゃんを怒る恵ちゃん。
　みんな、私に気づかってくれていたんだ……。

申し訳ない気持ちもあったけど、それよりもうれしい気持ちのほうが大きかった。
　やっぱり……会いたいな。
　そう思ったとたん、動かずにはいられなくて、気づいたら彼の病室のドアをノックしていた。
　ガラガラ、と音を立てて開くドア。
　それとともに目を見開いた椎名くんと目が合った。
「……え、紗葉？　来てくれたの？」
　でもすぐに、彼の顔はうれしそうな笑顔に変わって少しうれしくなった。
「あ、紗葉ちゃんだ!!」
「わっ!!」
　ドドドドドッて足音が聞こえそうな勢いで、真奈ちゃんが抱きついてきた。
「こら、真奈！　紗葉から離れて！」
　真奈ちゃんを叱る椎名くん。
「何よ、誠。嫉妬？」
　いたずらっ子のように笑う真奈ちゃん。
　……いったい誰に誰が嫉妬？
　なんて思ったけど、やっぱりこの空間がうれしくて、ついつい頬が緩む。
「紗葉ちゃんいらっしゃい」
　そう言って、ほほえむ恵ちゃん。
「もー、紗葉ちゃんが寝てるって誠から聞いたから、みんなで静かにしてようってことで、シーンってしてたの。な

んと4時間も！」
　そう言って、「あはは」と笑う真奈ちゃん。
「え、なんか……ごめん……」
「紗葉ちゃん謝らないでよー、全然平気だから！」
　笑う恵ちゃん。
　その笑顔にホッとした。
「そのくせ真奈がヘン顔とかし出すから、笑い堪えるのが大変でさ」
　徹くんは真奈ちゃんのヘン顔を思い出したのか、クスクス笑いながら言った。
「ちなみに『静かにしよう』って、誠の提案なんだよ??」
「ばっ……！　奏多、余計なことを言わなくていいから！」
　なぜか真っ赤な顔で焦る椎名くん。
　そんな提案をしてくれたの、椎名くんだったんだ……。
　でも、どうして？
　なぜ徹くんと奏多くんはニヤニヤしているの？
　彼らの行動は、ときどき謎だ。
「ねね！　文化祭について話そーよ！」
　なんて笑う真奈ちゃん。
「え、まだ話してなかったの!?」
　だって4時間もここにいたんだよね？
「うん、だって紗葉ちゃんがいなかったからさ。紗葉ちゃんがいなかったら意味ないし」
　そう言いながら、優しげにほほえむ恵ちゃん。
「……ありがとう」

……なんか涙が出そう。
　やっぱり私は、この雰囲気とみんなが大好きだ。
　みんな今までバラバラに立っていたけれど、一気にベッドのまわりに集まる。
「ねぇ、誰かベッド座ってよ。イスが１個足りない」
　不満そうに言う奏多くん。
「じゃあ、誠？　それとも紗葉ちゃん？　それか私？」
「まず、真奈って選択肢はつぶすとして、誠か紗葉ちゃんだよね」
　真奈ちゃんが目を輝かせて言うと、最後の提案はいとも簡単に奏多くんに却下される。
「私は、いいよ。はっきり言ってそんなに寝転んでなくてもいいんだし、普段だって思いっきり散歩だっていいって言われてるし……」
「そうなの？」
「うん。散歩もやり尽くしてつまらないから、普段寝てるだけなんだ」
「じゃあ、誠？」
　真奈ちゃんが聞く。
「え、俺もいいよ、紗葉は女の子なんだから紗葉が座ればいいのに」
「いや……でも、ここ、私の病室じゃないし……」
「あー、もー！　まどろっこしいなぁ！　じゃあ、私が座るよ！」
　どうやら痺れを切らした真奈ちゃん。

「え、ちょ、待って！　真奈、いったん待て！　落ちつけ」
　焦る椎名くん。
「あ、そういうこと。ごめんごめん、誠♪」
　そう言って、ニヤニヤしながらベッドから下りた真奈ちゃん。
　……まったく話の内容がわからない。
「ささ、紗葉ちゃん、ベッドへどうぞ」
　相変わらずニヤニヤの真奈ちゃん。
「え……なんか企んでいる？」
「そそそそそそ、そんなことないよ！」
「ぷっ、真奈ちゃんって素直なんだね」
　思わず吹き出しちゃった、私。
「悪く言うとバカってことだよね、真奈は」
「女々しい奏多くん。黙ろっか♪」
「ふぇえええええ、徹……また真奈が女々しいって言ったよ……」
　徹くんにしがみつく奏多くん。
「よし、よし」
　そして、奏多くんの頭を撫でる徹くん。
「真奈！　奏多に女々しいは禁句!!」
「何回言ったらわかるんだよ！」
　真奈ちゃんを叱る、椎名くんと恵ちゃん。
「事実だもーん♪」
　まったく反省しない真奈ちゃん。
　……やっぱ、みんなと一緒が楽しい。

「まぁ、いいや。ささ、紗葉ちゃん。ベッドへどうぞ」
「え、あ、じゃあ、すいません。使わせていただきます」
　ぺこりと椎名くんにお辞儀してベッドに座った。
　あ、彼のにおいがする……。
　なんか恥ずかしい……。
「紗葉ちゃん？　顔が赤いよ？　暑い？」
「いえいえいえいえ！　そんなことはないから！」
　顔が赤いのは照明のせいであって、恥ずかしいとか照れているとか、そんなことはない……はず！
「で、さっそくなんだけど、文化祭に行くこと、お医者さんはなんて言ってた??」
　そう尋ねてきたのは、真奈ちゃん。
「うん、大丈夫だって」
　そう私が答えると……、
「やったー!!」
「本当に!?　うれしい」
　と、真奈ちゃんと恵ちゃんから歓声が上がり、あまりのテンションの高さに少しビクッとしてしまった。
　その歓声に混じって、
「よかったね、誠」
「誠、あいつらみたいに喜んでいいんだぞ!?」
「うっせーよ！」
　という、徹くんと奏多くん、椎名くんの声が……。
　不思議に思って椎名くんをチラッと見ると、ニヤニヤしたふたりに、肩をぽんぽん叩かれている椎名くん。

事情がよくわからない私は、首を傾げる。
今日は、やけにみんながニヤニヤする日だな……。
そんなことを考えていると、
「紗葉ちゃんはさ、文化祭にはどんな格好で来る？」
恵ちゃんの質問に我に返る。
「へ？　あ、どんな格好にしよう……」
まったく考えてなかった……。
「私服でもいいけど、あたしの制服でも貸そうか??　2着あるし、どうせ文化祭中はメイド服だし」
「え、いいの？」
「うん。うちの学校、文化祭の日だけ制服レンタルやってるから、他校の子とか普通に着てるし」
「……制服をレンタルできる学校なんて、あるんだ……」
私は目をぱちくりさせる。
「なんなら当日の朝、迎えにいこうか？　うちの学校、来たことないでしょ？」
「え、でも悪いよ……。学校はここから近いし、大丈夫だと思う」
「遠慮なんてしなくていいから！　みんなで迎えにいくよ」
続けて恵ちゃんが「ねっ！」とみんなに目配せすると、私以外のみんなはにこにこしながら頷いていた。
「何から何まで、ありがとう……」
「気にしないで！　ちょうど紗葉ちゃんと身長は同じくらいだし♪」
「恵、ウエストの問題があるよ」

「……真奈。今なんか言った？ え、お前、あたしを怒らせたいの？ あ？ 今すぐ処刑してやろうか!?」
 こ、怖いよ！
 恵ちゃん怖いよ！
 今、ドス黒いオーラが見えたよ！
 殺意が見えたよ！
「嘘です、恵さま！ 命だけはお助けを……！」
 慌てて謝る真奈ちゃん。
 なぜか奏多くんも怯えている。
 こんなこと言ったら申し訳ないけど……恵ちゃん、ヤンキーみたい……。
「恵は普段は優しいお姉さん系らしいけど、怒ると地元のヤンキー並みに怖いんだよ」
 コソッと椎名くんが教えてくれる。
 やっぱり！
 だって、さっきのオーラは普通じゃなかったもの……。
「よろしい。今回は許してあげる。次、言ったら……わかるよね？」
 恵ちゃんが黒い笑みを浮かべる。
 なんだろう……。
 今の笑みを見た瞬間、背筋に冷たいものが走って体がブルブル震える。
 恵ちゃん、おそるべし。
「恵さま、わかりました！ すみませんでした！ 申し訳ございません！」

もはや土下座しそうな勢いの真奈ちゃん。
「さて、なんの話だったっけ？　あ、制服だったね！　紗葉ちゃん、じゃあ、あたしの制服でいい？」
「あ、うん……」
　そう言って優しげにほほえむ恵ちゃんは、いつもの恵ちゃんだった。
　ホッとする私。
　一方で……隣にいる真奈ちゃんは涙目だったけど。
「あ、もうこんな時間じゃん。面会時間終わるよね。みんな帰るよー」
　そのあと少し雑談をして、恵ちゃんたちが帰る支度をしはじめた。
「あ、じゃあ、私も自分の病室に帰るよ」
「うん、じゃあ紗葉ちゃん制服は当日に渡すね♪　んじゃ、誠、紗葉ちゃんばいばいっ」
「ばいばいっ」
　恵ちゃんたちと別れてから、
「それじゃあ、おやすみ」
「うん、おやすみ」
　椎名くんにもあいさつして病室に戻った。
　文化祭……楽しみだな。
　……神様。
　どうか、3日後まで生きていられますように……。

　そして翌日。

どうやら、願いが通じたみたいで。
　……私は今日も生きている。
「おはよ」
　廊下に出ると、椎名くんがいた。
「おはよ。退院……おめでとう」
　今日で椎名くんは退院。
　……きっと彼とも真奈ちゃんたちとも、お別れなんだろうな。
　また、つまらない日々がはじまる。
「……ありがとう」
　私の言葉に、彼がお礼を言う。
　なんか……なんかわからないけど泣きそう。
「今日、晴れてよかったね」
　泣きそうなことがバレないように、私は窓の外に視線を向けた。
「うん。ねえ、紗葉」
「……何？」
「……もし、迷惑だったらやめとくけど、退院してからもリハビリはあるし、また……紗葉に会いにきてもいいかな??」
「……え？」
「あ、いや、その、もちろん真奈とかも連れてくるし、えっと……その」
　慌てて頭をかきながら、照れたように笑う椎名くん。
「うん！　もちろん、大歓迎っ！」
　あ、また私、笑えている。

「……やった」
　安心したように笑う彼にまた笑みがこぼれた。
「あ、どう調子は？　文化祭には行けそう？」
「うん、いい感じ。気分もいいし」
「ならよかった。あ、そろそろ親たちが来ると思うから、行くね」
「うん、わかった」
「じゃあ、明後日！」
「……うん」
　私は廊下で、椎名くんが見えなくなるまで彼の背中を見ていた。
　いいな、退院できて……。
　ふいに心が暗くなるのがわかり、私は慌てて頭を左右に振る。
　できないことを望んだって暗くなるだけ。
　明後日の文化祭のことだけ考えよう。
　そう思ったら自然と心が晴れてきて、私は自分の病室へと戻った。

文化祭

　そして迎えた、文化祭当日。
　私は早々に目を覚まして、出かける準備をしていた。
　看護師さんに声をかけて、病棟出入り口に向かう。
「おはよう、紗葉ちゃん」
　廊下を歩いているとうしろから名前を呼ばれた。
　驚いて振り向くと、橘田先生だった。
「あ、おはようございます」
「いい天気でよかったね」
「はい！」
「もう、みんなは来ているのかな？」
「たぶん……」
　先生と話しながら、病棟出入り口にたどりつくと……。
「紗葉ちゃあああああああああああん!!」
「紗葉ちゃん、おはよ♪」
　いち早く私の姿に気づいた真奈ちゃんと恵ちゃん。
「真奈ちゃん、恵ちゃんおはよ」
「おっはよおおおおおおおお！」
「ごめんねー、真奈がうるさくて。こいついっつも朝こんなんなのよー。うざかったら殴っていいからね」
「ふは、殴るって……」
　恵ちゃんと真奈ちゃんのかけ合い、本当に面白すぎる。
「いやん。恵ったらー、殴るとか言って私に触りたいだけ

なんじゃ、な・い・の♪」
「うざ」
「え、ちょ、待って。真顔で言わないで。待って。ツンデレか!?　待て。いや、それはそれで萌えるけど……」
「きも」
「ねぇ待ってよ!　恵!　そんな2文字で私の傷をえぐらないで!　いやん!」
「……紗葉ちゃん、こいつ早起きするとこうなるの」
「そ、そうなんだ……」
「あら、紗葉ちゃんも恵が好きなの?　私、失恋ー!」
「真奈。真面目に黙れ」
　そう言って、真奈ちゃんの前で手を叩く恵ちゃん。
「はっ!　おはよ、恵!」
　その瞬間、真奈ちゃんの目が変わった。
「え、今ので目が覚めたの……?」
「え、あ、うん、こういうやつなの」
「おはようございます!　寝ぼけてました!」
　ビシッと敬礼する真奈ちゃん。
　……いまだに真奈ちゃんの言動は謎のときがある。
　チラッと橘田先生を見ると目が合って、互いに苦笑い。
「おはよ」
「あ、おはよ」
　次に声をかけてくれたのは、椎名くん。
　その横には、眠そうな徹くんと奏多くん。
　真奈ちゃんのテンションが高すぎて、男子陣の存在を忘

れるところだった……。
「じゃあ、れっつらごー！」
「「「「おー！」」」」
　真奈ちゃんのかけ声にみんなが反応する。
　それから顔を合わせて笑い合った。
「じゃあ、行ってきます」
「行ってらっしゃい、楽しんで」
　橘田先生が、優しく笑ってそう言ってくれて。
　それから、みんなで学校に向かった。

「わ、キレイ……」
　病院から少し歩くと、白をメインとした校舎が見えた。
　ここが真奈ちゃんたちの学校らしい。
　校門には【双葉東高校】の看板の隣に大きいバルーンで【文化祭】と書いてある。
　風船でできたアーチを通ると、そこにはたくさんの人。
「わー、早くも賑わってるねー♪」
　恵ちゃんがうれしそうに言う。
「あ、紗葉、受付しなきゃ。俺も一緒に行くよ♪」
「うん……ありがとう」
　受付と書かれた貼り紙をしている机に行くと、キレイな女の人が紙とペンを渡してくれた。
「ここに、名前と年齢書いてくれればいいだけだから」
　椎名くんに言われたとおり、少し緊張しながらひとつの欄に私の名前と年齢を書いていく。

「はい、できました……」
「朝日奈紗葉さんですね、今日は楽しんでください」
　おずおずと紙を渡すと、キレイな女の人にほほえんで言われた。
「は、はい！」
「ふは、紗葉ってば緊張しすぎ。さ、行こう。奏多たちを待たせてるし」
　そう言って笑う椎名くんに、
「うん！」
　私も笑って答えた。

「じゃ、まずは着替えようか！」
　そう言ったのは、恵ちゃん。
　恵ちゃんと真奈ちゃんに、レンタル制服を借りる人たちが使う更衣室に連れていってもらった。
　なぜか男子たちもついてきたけど、誰も何も言わなかったので、私も何も言わずにいた。
「あ、紗葉ちゃん。はい、これ制服ね♪」
　そう言って、恵ちゃんがキレイにたたんである制服を渡してくれる。
「ありがとう……」
「うちらは外で待ってるから、着替えて着替えて♪」
　ほほえむ恵ちゃんに、ニコッと笑う真奈ちゃんに自然と私もほほえむ。
　……この時間がずっと続けばいいのに。

そう思いながら、制服に着替えはじめる。
　恵ちゃんたちの学校の制服はブレザーで、今は11月だから冬服。
　白いブラウス、黒っぽいような紺っぽいような色のセーター、ジャケット。
　チェックの赤のスカートに、その柄とお揃いのリボン。
　黒い靴下。
　……とってもかわいいデザイン。
「よし、着れた」
　なんか普通の高校生になったみたい……。
　着替え終わり、着ていた服を持って更衣室を出る。
「あ、紗葉ちゃん！　似合ってる似合ってる！」
　真っ先に声を上げたのは徹くん。
「え、ヤバーい！　紗葉ちゃん超似合っている！　いい感じ！　かわいい！　写メりたい！　ヤバい！」
　なんて、はしゃぎはじめる真奈ちゃん。
「紗葉ちゃん、ほんといい感じ♪　サイズぴったりだし、よかったよかった！」
　ほほえんでくれる恵ちゃん。
「恵と真奈よりも似合ってんじゃない??」
　そして、毒を吐く奏多くん……。
「……うん、紗葉、似合ってる。かわいい」
　それから、頭のうしろをかきながら恥ずかしそうに言う椎名くん。
　気のせいか、顔が赤い。

「……ありがとう」
　そんな彼を見ていたら私も恥ずかしくなってきて、小さな声でお礼を言った。
　真奈ちゃんがロッカーを貸してくれるというので、着てきた服を預け、スマホや貴重品を入れたバッグを持って移動することに。

「わー、お店がたくさん……」
　校舎に入ると教室がお店に変わっていて、本当に文化祭一色。
「あたしと真奈は午後から当番だけど……男子陣は？」
「俺も奏多も午後からだよ」
「え、てことは午前班は俺だけじゃん……」
「まぁ、誠どんまい」
　しょんぼりし出した椎名くんに、いたずらっ子のように笑っている真奈ちゃん。
「でもさ、てことは午後、紗葉ちゃんとまわれるのって誠だけじゃない？」
　片手の人差し指を口元に当ててそう言った恵ちゃんのもう一方の手は、真奈ちゃんの首根っこを引っ張っていた。
「うげ、待って！　恵！　ぐるじい！　待って！　恵！　おぢづいで！」
「え、あ、そうだね……」
　目の前の光景に少し驚きながらも、恵ちゃんの言葉をやっと理解する。

どうやら午後は、椎名くんとふたりで文化祭をまわるようだ。
「じゃあ、誠、頑張ってねー♪」
　そう言って、ひらひらと手を振る真奈ちゃん。
　午前班である椎名くんとは、いったんここで別れることになった。

「さあ、紗葉ちゃんどこ行く？」
「ええ、選択権、私！？」
「もちろん！」
　そう言ってほほえむ恵ちゃんに戸惑う。
「私はどこでもいいんだけど……」
「ダメ！　紗葉ちゃんが選ばないと強制的に奏多にお化け屋敷に連れていかれる！　恐怖！！」
「……恵ちゃん、真奈ちゃんってお化け系って嫌いなの？」
「ああ、うん。真奈はお化け屋敷とか大嫌いなの。それを知った奏多が真奈を連れていこうとしてるの」
　チラッと奏多くんを見ると……。
　うわ、すごい黒い笑みを浮かべている……。
「えっと……じゃ、じゃあ……軽音部のミニライブが見にいきたい……かな」
　とりあえず何か言わなきゃ、と思って、パンフレットの右下にある【軽音部ミニライブ】って書いてあるところを指さす。
「いいね！　うちの学校の軽音部、結構レベル高いし♪」

恵ちゃんが賛成すると、それに続けてみんなが頷く。
「じゃあ、れっつらごー！」
　真奈ちゃんのかけ声で体育館へ向かった。

　体育館につくとすでに照明は暗くて、ステージにはギターやベース、ドラムやキーボードを持った人たちがスタンバイしていた。
「タイミングぴったし♪」
　そう言ってはしゃいでる真奈ちゃんが私の左隣、恵ちゃんが右隣の順番で、並べられているパイプイスに座る。
「みなさん、今日は私たちのミニライブに来てくださってありがとうございます！」
「まず１曲目を聞いてください♪」
　元気な声とかわいい声による呼びかけではじまったミニライブ。
　１曲目はリズムがよくてみんなが乗れちゃうような曲。
「すごい……」
　歌もすごいけど、演奏も。
　ミスしてないし、すっごく上手。
　たぶんこの歌、自分たちで作ったんだろうな。
「２曲目はー……」
　なんでこんな輝いているんだろう。
　なんでこんなすごく見えるんだろう。
　歌いながら見せる笑顔が本当に素敵で……何かに夢中になれるって、本当にすごいことなんだ。

私は夢中になれるものなんか作っちゃいけないから……
すごく、うらやましい気持ちになった。

「今日はありがとうございましたー！」
「これでミニライブは終了です！」
　6曲くらい歌ったとき、ボーカルの女の子たちが終わりを告げた。
　それと同時に拍手に包み込まれる体育館。
「あー、すごかったね♪　軽音部♪」
「ほんとほんと！　噂には聞いてたけどあそこまでレベルが高いとは！　紗葉ちゃんどうだった？」
「うん、すごかった！　すっごく、キラキラしてたもの」
「あはは、たしかに。楽しそうだったよね♪」
　真奈ちゃんと恵ちゃんと感想を言い合う。
　……ほんとすごかったな。
「ねぇ、次どこ行く？」
「お化け屋敷……」
「却下」
「「「ぷっ……」」」
　奏多くんの言葉を遮るように言う真奈ちゃん。
　……恵ちゃんと徹くんと思わず一緒に吹き出す。
「なんで、吹き出したわけ!?　もう！　んー、どこ行こうかなー」
　吹き出されたことに怒っていたのに、もう切り替えたらしく悩んでいる真奈ちゃん。

「紗葉ちゃんは、ほかに行きたいところないの??」
「え、あ、さっきも選択権は私だったから、今度はほかの人で……」
「え！　じゃあ私！　私！」
　そう言って挙手する真奈ちゃん。
「はい、真奈。どうぞ」
　その真奈ちゃんを指名する恵ちゃん。
「ここの衣装レンタルってとこ行きたい!!」
「い、しょう、れんたる……？」
「うん！　ここ！　ここ！」
　真奈ちゃんがパンフレットの中の【衣装レンタル】って書いてあるところを指さす。
「男子陣もいいよねー？」
「えー、何するとこ？」
「衣装を貸してもらうとこ」
「……別にいいけど。徹は??」
「俺も別に大丈夫だけど……」
　徹くんと奏多くんがOKすると、
「やったぁ！」
　なんて喜んでる真奈ちゃん。
　……待って。
　この説明のところに、【女装もやってます♪】って書いてある……。
「……ねぇ、真奈ちゃん」
「ん？　何ー？」

「あ、ううん。なんでもない……」
　振り向いた真奈ちゃんは、さっきの奏多くん以上に黒い笑みを浮かべていて……私は何も言えなかった。
　鼻歌まじりに廊下を歩く真奈ちゃん。
　この先の展開が、なんとなく読めた気がした。

「やだやだやだやだやだやだやだやだ！　真奈のバカアアアアアアアアアア！」
「あっはっはっはっはっはっは！　私をお化け屋敷に連れてこうとするからよ♪」
　衣装レンタル屋、なう。
　案の定、奏多くんが拒絶中、というか絶叫中。
「いいじゃん♪　奏多、女装似合いそうだし♪」
　そう言うのは、面白そうに奏多くんを見る恵ちゃん。
「うわあああああ！　悪魔あああああああ！　ふたりとも悪魔あああああああ！」
「奏多うっるさい」
　奏多くんは女々しいって言われるのが嫌なだけに、女装するのをとてつもなく嫌がっている。
　……徹くんは意外にノリノリで、いそいそとメイク室に行っちゃったんだけど……。
「離せえええええええええええ！」
「奏多、近所迷惑！」
　今、奏多くんは教室の入り口のところで真奈ちゃんと恵ちゃんと衣装レンタルの当番の子3人と、

「奏多くんの女装が見たい！」
　なんて言ってきた女の子ふたりの合計7人に、引っ張られている状態。
　いくらなんでも7対1はきついらしくて、その場所を移動するわけではなく、引っ張り合いをさっきからやっている。
「紗葉ちゃん助けてぇぇぇっっっ」
「ごめんなさい。それだけは無理です」
　ごめんなさい、私も少し奏多くんの女装を見たかったりするんです。
「頑張って！　健闘を祈るよ！」
　その後、疲れたらしいところを狙われメイク室に連行されていく奏多くんに、ニヤニヤしながら励ましの言葉をかける真奈ちゃん。
「真奈のバカァァァァァァァァァ！」
「あ、待って！　北条くん逃げないで！」
「やだぁぁぁぁぁぁぁぁぁぁぁぁ！」
「大丈夫！　めっちゃ似合ってるよ！」
　そんな絶叫がメイク室から聞こえてくるけど……大丈夫、だよね？

　それから十数分後。
「じゃーんっ、できたよっ」
　そう言われて私たちの待っている教室にやってきたのは、ボブの茶髪のウィッグをかぶって私が着ている女子生徒の制服を着て少しメイクをした徹くん。

「あ、徹、いたんだ」
「真奈ひどくね!?」
「こっちは奏多と戦争繰り広げてたのよ」
「ああ、奏多の絶叫こっちまで聞こえたよ。すごかった」
「でしょ？」
「てか徹、めっちゃ似合ってるね。美女」
「おお！　恵、わかってくれるか！」
「うん、写メりたい」
　とか言っている間にスマホを取り出して徹くんを連写し出す恵ちゃん。
「え、じゃあ私もー♪」
　真奈ちゃんの手にもいつのまにかスマホが握られていて、すっかりノリノリの徹くんはポーズまで決めている。
「紗葉ちゃんは？　撮らなくて大丈夫？」
　そう聞いてくる徹くん。
「え、あ、徹くんさえよければ……」
「俺はむしろ大歓迎だよ！　うん！」
「じゃ、じゃあお言葉に甘えて……」
　私もバッグからスマホを取り出して徹くんを撮った。
「あ、紗葉ちゃん！　写真撮ろ？」
「え、いいけど……なんで？」
「なんでって……思い出づくり？」
「え、ずるい！　あたしも混ぜてー♪」
　真奈ちゃんの急な提案に恵ちゃんも便乗する。
「じゃあ紗葉ちゃんスマホかしてかして♪」

真奈ちゃんに言われたとおりスマホを渡すとカメラを起動させた。
「じゃあ撮るよー♪　ほら笑って笑って♪」
　カシャっていうシャッター音を聞いたあと、画面を見れば、笑顔の真奈ちゃんと恵ちゃんに、それから笑顔の私がいた。
「うん！　いい感じ！」
「それあたしのスマホにも送ってー♪」
「あ、てか連絡先交換しようよ！　いまだにしてなかったじゃん」
「そだね、紗葉ちゃんいいかな？」
　はしゃいでる恵ちゃんと真奈ちゃんに聞かれる。
「うんっ！　もちろん！」
　……これ、あとで待ち受けにしよう。
「お待たせしましたー！」
　恵ちゃんと真奈ちゃんと連絡先を交換し終わったとき、扉が開いて女の子ふたりが入ってきた。
　ひとりはここの当番で、さっき奏多くんを連れていった人で……。
　もうひとりは黒髪のロングでふわふわと髪の毛を少し巻いていて、徹くんと私と同じ制服を着ているすっごくかわいい女の子。
　……どことなく奏多くんに似ているような。
「……え、奏多くん？」
　まさか、本人？

そう聞けば、ちょっと涙目で頷く女の子……じゃ、なくて奏多くん。
「え!?　奏多!?」
「嘘でしょ!?　超かわいいんですけど！」
　驚いている恵ちゃんと真奈ちゃん。
「え、ヤバ。普通の超かわいい女の子かと思った」
「あたしも」
「……私も」
　真奈ちゃんの言った言葉に同意する恵ちゃんと私。
　うん、だって本当に女の子かと思った。
「え、ヤバい、これは写メらねば……！」
　そう言ってスマホを用意する真奈ちゃんに続いて、恵ちゃんもスマホを取り出す。
「え、奏多くん、写真撮っていい？」
　そう聞けば、抵抗するのを諦めたようでコクンと頷いた奏多くん。
　……え、ものすごくかわいいんですけど。
　そのままお言葉に甘えて写真を撮った。
「ねえ、徹！　奏多の隣に並んでよ！　ツーショットで撮るから！」
　そんな真奈ちゃんの提案で徹くんと奏多くんのツーショットを撮るために、１回閉じたカメラをもう１回起動させたのは、言うまでもない。
「これからお昼休みに入ります。お昼休みが終わったら午後班の方は準備をはじめてください」

奏多くんと徹くんがメイクを落として着替えたあと、お昼休みの放送が入った。
「あー、もうそんな時間？　2個しかまわれなかったねー。楽しかったけど♪」
「真奈が衣装レンタルなんて行くから……」
「いいじゃんいいじゃん♪　奏多、超かわいかったんだから！」
　涙目の奏多くんをあしらう真奈ちゃん。
　何気にこのふたりはベストコンビ……なんじゃないかな。
「お昼休みってどうするの……？」
「食堂で昼食食べるのよ♪　誠も帰ってくるからそこで合流しよ！」
　そうやって歩きながら説明してくれる恵ちゃん。
　さっきいた教室から意外と近くて、すぐに【食堂】って書いてあるプレートが見えた。
「わ、結構大きいんだね」
　中に入るとたくさんの人が入っているのにも関わらず、余裕があるほどの大きな食堂。

「おーい！　紗葉たちこっちこっち！」
　その中に、大きく手を振る椎名くんの姿を見つけた。
「あ、誠、早かったねー」
　そう言いながらイスに座る真奈ちゃん。
　ちょうど1台のテーブルにつき6脚イスがあるから、私たちの人数的にぴったりだった。

男子と女子で分かれて、右隣が真奈ちゃん、左隣が恵ちゃん、正面が……椎名くんになった。
「紗葉、どうだった？　午前中」
　頼むメニューも決まったところで、椎名くんがそう聞いてきた。
「うん、すっごく楽しかった！」
「どこ行ってきたの？」
「軽音部のミニライブと衣装レンタル屋さん」
「そうそう、そこでね、奏多と徹、女装させたんだけどすっごくかわいかったの！」
　そう言ってさっき撮った写真を見せる真奈ちゃん。
「え！　何この美少女！　とくに奏多！」
「ね、かわいいでしょ？」
「……うん」
「え、なぜに答えが遅れた」
「……別に」
「……あ、そっか」
　何かに納得した真奈ちゃん。
　それから顔が赤くなって頭をかく椎名くん。
「ねえ、なんで椎名くん、顔が赤いの？」
　すると、椎名くんは私の質問に答えることなく、
「誠……でいいよ」
　ボソッと言った。
「あ、ごめん。誠くん」
　……そういえば、名前で呼ぶってことになっていたのに、

椎名くんのことはずっと『椎名くん』って言っていたかも。
　そもそもいつも近くにいたから、『誠くん』って呼ぶ必要がなかった。
　私が名前を言うと、さらに椎名……いや、誠くんの顔が赤くなる。
　なぜ？
　私は首を傾げる。
「え、紗葉ちゃんわからないの？　鈍感？」
　黙り込む誠くんに代わって恵ちゃんが答えてくれたけど、わけのわからない言葉が返ってくる。
　いや、鈍感も何も……よくわからないんだけど……。
「う、うん……？」
「お待たせしましたー」
　少しの間、考えてみたけど一向に答えは出なくて、いつのまにか、みんなが頼んだ醤油ラーメンが運ばれてきた。
「あれ、5つ？」
「あ、私、病院で昼食はこれを食べてってお弁当を渡されちゃって……」
「あー、だからか！」
　なるほど、なんて頷いている真奈ちゃん。
　甘いのとかしょっぱいはむやみに食べちゃダメって、病院食をお弁当に入れて渡されたんだよね……。
　過保護……なのかな。
「じゃあ、いただきまーす♪」
　みんなと一緒に手を合わせてあいさつをする。

お弁当の中身はいつもどおりの食事。

……うん、おいしい。

昼食を食べながらも、少しの間、雑談。

「あ！　ちょっと奏多、それ私のチャーシュー！」

「さっき僕を女装させたお返し！」

……ときどき、真奈ちゃん vs 奏多くんの戦いも行われたけど。

「ごちそうさまでしたー！」

30分くらいしてみんなが完食。

「さあ午後も頑張るぞ！」

「「おー！」」

今度は徹くんのかけ声にみんなが応える。

これから文化祭、午後の部のはじまり。

「さて、どこ行きますか……」

午後班の恵ちゃんたちを送り出したあと、残ったのは誠くんと私。

「うーん……あ、メイドカフェ行きたい！　真奈ちゃんたちのメイド服を見たいし」

「おっけ、じゃあまずそこ行こっか♪」

そう言って、ふわっと笑う誠くん。

……ん、なんか今、胸がギュッてなった。

……なんかドキドキした。

何これ。

動悸……？

いや、違う。
めまいだってしないし。
なんか……胸の奥。
胸の奥がぎゅうって。
心臓よりももっと奥。
「紗葉？　どうしたの？　行こ？」
「あ、うん！」
　……まあいいか、気にしていてもしょうがないし。

「いらっしゃいま……なんだ誠かよ」
「ちょっと待って。真奈、ちょっと待て。今2オクターブくらい声低くなったよね？」
「紗葉ちゃんいらっしゃーい♪　ゆっくりしてってね♪」
「真奈ちゃん、メイド服似合ってる、てかかわいい……」
「えー、ありがとー♪」
「待って。俺の存在忘れないで」
「じゃあ、案内するね♪」
「うん、待とうか」
　誠くんをスルーし続ける真奈ちゃん。
　そのやりとりが面白くて、笑顔になる。
「じゃあ、メニューは恵に取りに来させるからね♪」
「ふふ、うん、ありがと♪」
　結局誠くんをスルーしたまんまだったけど、笑顔で帰っていった真奈ちゃんにまた笑顔がこぼれる。
　やっぱ……かわいいな。

「……ご注文は」
「恵、笑顔」
「……ご注文は」
「うん、笑顔って言葉を、たぶん恵は辞書で調べてきたほうがいいね」
　そのあと恵ちゃんが真奈ちゃんに言われてメニューを聞きにきた。
　……ものすごく、無表情だけど。
「えっと、私は……水でいいや」
　ココアとかオレンジジュースとかポテトとかカフェ的なものたくさんあったけれど……むやみに食べちゃダメだよね。
「……じゃあ、俺、りんごジュース」
「……水とりんごジュースね」
　そのまま恵ちゃんは無表情でとくに声のトーンを変えることもなく、帰っていった。
「恵、意外と恥ずかしがり屋だからな」
「……なんとなくわかる気はする」
　……恥ずかしすぎて逆に冷静になっちゃうタイプかな。
「……それにしても、ほんとにあのデザインのメイド服……なんだ」
　みんなが着ているメイド服はたしかに私がデザインしたメイド服で。
「あはは、ちょうどうちのクラスに洋服の仕立て屋？　の息子がいて、頼んだらすぐ作ってきてくれたんだって」

「そうなんだ……すごい……」
「いや、紗葉のデザインもすごいよ！」
「いやいや、全然……」
　なんか照れくさかった。
「お待たせしました♪」
　りんごジュースと水を運んできてくれる女の子。
「あ、ありがとうございます……」
「ふは、紗葉緊張しすぎ！　あ、そうそう、これからどこ行く？」
　思わず敬語でお礼を言えば、そう優しく笑ってくれる誠くん。
　……なんか安心するなぁ。
　ブーッ、ブーッ。
　そのときどこからかバイブ音。
「あ、私のスマホだ……」
　開いてみると真奈ちゃんからメール。

よかったらさ、誠に女装させて写メ撮ってきて！
さっきの衣装レンタルってとこで♪

　そのメールに了解！　と返信して、
「衣装レンタル屋さん……行かない？」
「どこ行こうかなー♪」なんて言っている誠くんに、提

案してみた。

「今なら……奏多に同情する」
　あのあと、衣装レンタル屋さんに行くことになり、真奈ちゃんに言われたとおり誠くんの写メを送った。
「でも、すっごく美人さんだったよ？」
「……喜んでいいのか、わからないよ」
　なんて言いながら廊下を歩く。
　女装を取った誠くんはいつもの誠くんで……やっぱりなんかドキドキする。
　……そういえば、誠くん、すっごい顔整っているな。
　ぱっちり二重に通った鼻。
　自然なふわふわの柔らかそうな黒髪。
　目は大きいのにくしゃって笑って目を細める。
　……美少年だな。
　なんて思っていたら、
「きゃあああああああああああああああああ！」
　突然、誰かの悲鳴が窓から聞こえてきた。
「なんの声!?」
　慌てて窓の外を見ると、屋上に立っているひとりの女の子が目に入った。
　一歩一歩、外柵のほうに近づいていって、今すぐにでも飛び降りそう。
　……止めないと。
「ねえ、パンフレット、パンフレットちょうだい」

たしか、校舎の地図があったはず。
　誠くんは急いでパンフレットを取り出すと、渡してくれた。
「ありがとう……」
「え、ちょっと、紗葉!?　待って、俺も行く!」
　お礼を言ったと同時に、誠くんと屋上まで走った。

　バンッなんて音を立てて屋上の扉が開くと、さっきの女の子がいた。
『うちの学校、リボンの色で学年を分けているの。1年生は赤。2年生は緑。3年生は黒』
　さっき恵ちゃんに教えてもらった言葉を思い出す。
　……この子はリボンが赤だから1年生。
　私たちと同い年、だ……。
　すでに女の子は手すりを乗り越えていて、あと3歩ほどで飛び降りられるところにいた。
「ねえ、何やってるの」
　そう声をかければやっと女の子は振り返って、
「見ればわかるでしょ、飛び降りるの。止めたって無駄だからね!」
　そう叫んだ。
「……止めないよ」
「え……?」
　そう言えば女の子が驚いた顔をする。
「止めないよ、あなたが本気で心の底から死にたいって思っているなら。でも、その代わり、あなたが無駄にするその

命ちょうだい？　私、"がん"なの。もうあと少ししか生きられないの。だから命をちょうだい？」
　そう言って前を向けば女の子は何かを言おうとして、口を閉ざしたから、私は話し続けた。
「ねえ、ちょうだいよ！　私はまだやりたいことたくさんあるの！　夢だってあるの！　約束だってある！　まだ生きたい！　もっと生きたい！　ねえ、ちょうだいよ！」
「うるさい!!」
　さっきまで驚いて気まずそうにしていたのに、いきなり女の子が怒鳴り出す。
　先ほどとは一変して、何かにイライラした顔。
「うるさいうるさいうるさいうるさいうるさい！　さっきから『ちょうだい、ちょうだい』って、私だってあげたいよ！　こんな人生なんかいらないよ！　ずっとずっとイジメられて、ずっとひとりで。イジメられている私の気持ちはあんたなんかにわかんないよ！　"がん"だかなんだか知らないけど、ずっと病院にいられるんでしょ？　学校に行かなくていいんでしょ？　うらやましいよ。イジメとか絶対ないじゃん。みんなからかわいそうって優しくされて。年取らずに死ねるんでしょ？　自分の老けた顔を見なくていいんでしょ？　ほんとラクじゃん、そんな生活、うらやましいよ！　私だってそうなりたい！　そんな人生送りたいよ！」
　そう怒鳴るように叫ぶ女の子に、どこかがプツンと切れた気がした。

……ふざけないで。
　　ふざけないでよ。
「……わかんないよ。あなたの気持ちなんてわかんないよ」
　　握っている拳に力が入る。
「でもあなただって私の気持ちわからないでしょ!?　死ぬ恐怖に怯えて、7年間ずっとずっとそうしてきて。明日死ぬかもって、いつ死ぬのかなって怯えて。追い続けていた夢も無理やり諦めなくちゃならなくて。7年前からずっとずっとひとりで病気と闘ってきた。イジメとかそんなのだったらいいじゃない。自分次第でどうにかなる。抵抗したら相手だってひるむかもしれない。でも、こっちはどんなに抵抗したって、どんなに偉い人が治そうとしたって、どんなに生きたいって思ったって、終わらないんだよ！イジメだって永遠に続くわけじゃないでしょ？　社会に出て、大人になって……。それでもまだイジメがあると思うの？　永遠にはないじゃない、そのとき限りじゃん。それでこれから何十年の命を捨てるの!?　……私には、大人になるなんてこともできないんだから。大人になる、なんて未来ないんだから！」
　　いつのまにか私の頬にはとめどなく涙が伝っていて、声が震えていた。
　　でも、もうそんなのどうでもいい。
「いっつも神様を恨むよ！　どうして私なのって！　夢もあるよ！　生きたいって気持ちだってあるよ！　この世には自殺する人だっていっぱいいるのになんでって！　罪を

犯した人だっていっぱいいるのに！　ねえ、私なんかしたかな？　なんか神様に罰を与えられるようなことしたかな？　小3のとき、なんてまだかけ算だって覚えたてのときに、『"がん"です』なんて言われて、納得できると思う？ 早めに治療すれば治るって言われて。でも結局……治らなかったよ」

私の頬を濡らす涙は全然止まらなくて、気づいたら女の子も泣いていた。
「治らなかったよ。3日前余命宣告されちゃった。あと『半年だ』って。今までの覚悟はどこいったって話だよね。つねに恐怖に怯えて、強くなったと思った。この世界に未練なんてないと思った。けど、けど、やっぱ……やっぱりさ、生きたいんだよ！　……死にたくなんか……ないんだよ！ 怖いよ！　死ぬこと……すっごく、怖い」

ずっとずっと我慢してきた本音。
生きたい。死にたくない。
まだ生きていたい。
笑っていたい。
……死ぬのが、怖い。
「お医者さんは『生きたいように生きろ』って言うけど。生きたいように生きるって何？　私が生きたい人生は、普通の人生。病気なんてない普通の人生で、普通に学校に通って友達がいて、くだらないことで笑い合って、将来の夢とか語り合って、好きな人がいて、恋をして、大人になって、結婚して、おばあさんになって……。生きていた

ら辛いことだって嫌なことだってあると思うよ。でも、それも含めて私は生きたい。泣いても、笑って。……そんな人生を送りたい！　私は、そんな人生を、っ、生きたかった……のに」

　涙は止まるどころか、さっきより勢いを増して溢れ出てくる。

　……ふざけないで。

　こんな生活がうらやましい、なんてふざけないでよ。

「助けてよ……誰か助けてよ。お願い、助けてよ!!　なんでもするからっ！　……っ助けて、ください」

　泣きながら本音をぶちまけていたら、ふっと力が抜けてその場に思わず座り込む。

「紗葉！　大丈夫!?」

　ずっとうしろで黙って見守ってくれていた誠くんが、駆け寄ってきてくれる。

「……あ、うん、全然大丈夫」

「……ごめん」

「なんで、謝るのよ」

「だって、今まで無神経だった」

「全然、気にしてないから」

「なら……よかった」

　そう言う誠くんにほほえめば、誠くんもほほえみ返してくれる。

　……もう涙は止まったみたい。

「立てる？」

差し出される手。
「うん、ありがと」
　誠くんの手に私の手を重ねれば、ギュって握られて立つのを支えてくれた。
　ごめんなさい、今、不覚にも大きな手にキュンときた。
　女の子のほうを向けば、いつのまにかさっきの私と同じように座り込んで泣いていた。
「ごめんなさいっ……ごめんなさいっ……」
　謝りながら涙を流す女の子。
　その近くまで行って目線を合わせる。
「……命を無駄になんてしたら私が呪う」
「え、紗葉!?」
「冗談だよ」
　焦る誠くんに少し笑いを堪えながら言う。
「……もう少し頑張ってみようかな」
　私たちのやりとりに少し笑って、空を見上げながら言う女の子。
「……そうしなよ。辛くなったら立ち止まっていいじゃん。泣いたっていいじゃん。あなたにはまた歩き出せる時間があるんだから」
　お互い涙目で見つめ合う。
「……ありがとう」
　女の子がそう言ったと同時に、
「紗葉ちゃん!?」
　聞き慣れた声が耳に届いた。

「あああ！　もうお前らタイミング悪すぎ！　今せっかくいいシーンだったのに！」
「え、ごめん！」
　振り返ると案の定、真奈ちゃんに恵ちゃん、徹くんと奏多くんがいた。
「……みんな。どうしたの？」
「どうしたもこうしたも、外が騒がしいと思って窓の外を見たら紗葉ちゃんと誠がいるわ、もうひとりの女の子は飛び降りそうだわ、びっくりして来ちゃった☆」
　最後に、「てへっ」なんて言う真奈ちゃん。
「ところであなた名前は？」
　恵ちゃんがさっきの女の子に聞くと、
「……宮崎瑠奈です」
　そう答える、瑠奈ちゃん。
「……私、朝日奈紗葉」
「紗葉ちゃん、ありがとう」
「こっちこそごめんね。いきなりヘンな話をしちゃって」
　そう言って笑い合う。
　……瑠奈ちゃん、普通にいい子なのにな。

「文化祭終了です。本日はお越しくださってありがとうございました。在校生は片づけに取りかかってください」
　文化祭終了を知らせるアナウンスが、流れる。
「……え、そんな時間たったっけ？」
「あ、もうこんな時間じゃん」

時間を確認すると、本当にパンフレットに記載されている文化祭の終了時間になっていた。
　……結局、午後も２個しかまわれなかったなぁ。
「あ、誠の女装めっちゃ美人さんだったよ！」
「真奈、うるさい」
「これで男子陣の女装制覇！」
　あっはっは！　なんて笑っている真奈ちゃん。
　それより……。
「片づけ、行かなくていいの？」
「「……ヤバ！」」
　みんなで顔を合わせて焦り出す。
「あ、紗葉！　えっと、あの、俺ら片づけ行ってくるけど校門のとこで待ってて！」
「うん、わかった」
　そう言って慌ててみんなの元へ走っていく誠くん。
「ふふっ……」
　なんか面白くて、隣にいた瑠奈ちゃんと顔を合わせて笑った。
「紗葉ちゃんは、華の５人組と仲いいんだね……」
「華の５人組……？」
「……え、知らないの？　あの５人、みんな美男美女なのに優しくて仲よくて……この学校の有名人だから、華の５人組って呼ばれてるの」
「……そうなんだ」
　屋上から校舎へと続く階段を降りながら、瑠奈ちゃんと

話をする。
　真奈ちゃんたちすごい人気者ってこと……？
「……瑠奈ちゃんは片づけないの？」
「……ないっていうか。イジメられてから行事に全然参加してなくて」
「……そっか」
　しばらく沈黙が続く。
　玄関について靴と上履きを履き替えているときに、いきなり瑠奈ちゃんが立ち止まった。
「でも、このままじゃダメだなって、紗葉ちゃんのおかげで気づけたの」
「え……？」
　思わず靴を持っている手が止まる。
「私、あいつらとほんの少しだけでもけじめつけるよ。あいつらのためにこれからの人生を無駄にするの、もったいないしね。……紗葉ちゃんのおかげ。ありがとう」
「ううん……全然、何もしてないよ、私」
　私の本音ぶつけただけだし。
「それでも、紗葉ちゃんに感謝したいの。じゃあ、私バスだから先に行くね」
「あ、うん」
　手を小さく振って帰ってった瑠奈ちゃん。
　……なんかうれしいな。
　そのまま外へ出ると、空はさっきよりも青くて、
「……今日はいい日だったな」

心の底からそう思った。
「紗葉！　ごめん、待った!?」
　そのまま5分くらいぼーっとしていたら、誠くんの声が聞こえた。
「ううん、全然」
　振り向けば誠くんのうしろに恵ちゃんたちがいて、
「帰ろう」
「うん！」
　自分でもわかるほど顔がほころんだ。
「疲れたー！」
「でも楽しかったじゃん♪　奏多の女装かわいかったし」
「真奈、うるさい！」
　なんて言い合うみんなのうしろを誠くんとふたりで歩く。
「……あのさ、さっき言ってた紗葉が送りたかった人生、病気とかは治せないけど、できる限り俺ら協力するから。紗葉が生きたい人生を送ろう」
「……え？」
「あ、ほら普通に笑い合ったりとかできるじゃん。紗葉の理想の人生に少しでも近づいたらなって」
　そう言って笑う誠くんに自然とまた笑顔になる。
「……ありがとう」
　ぽろっと出た言葉にほほえみながら頷く誠くん。
　……本当にありがとう。

2章

美由紀の存在

　あれから、数週間たって12月中旬。
　毎日のように、誠くんや真奈ちゃんたちが病院に来てくれる。
「ねえ紗葉！　聞いて！」
「奏多のバーカ！」
「真奈のバーカ！」
　その時間だけは唯一病気を忘れられる時間で。
　いつも、午後が楽しみになった。
「あ、そうだ、紗葉。宮崎瑠奈、覚えてる？」
「うん」
　この前文化祭で会った子だし、印象に残っている。
「あの子転校してやり直すってさ。さすがにこの学校じゃ気まずいって。でも少しけじめはつけたみたいだよ。イジメのリーダー的存在が謝ってたから」
「ああ……」
　けじめつけるって本当だったんだ……。
「あ、それと紗葉ちゃんにありがとうって伝えといてって言われた」
　そう言ってほほえむ誠くん。
「……よかった」
　次の学校でも頑張ってほしいな。
「あ、そうだ、明日少し用事あって出かけちゃうから私こ

こにいないけど……」
「そうなの？」
「うん、ちょっとね」
「おっけー、じゃあ真奈たちにも伝えとく」
　明日は……美由紀の命日。
　お墓参り、なの。

「紗葉？　おっはよー！」
　翌日、朝早く誰かに起こされた。
「んぅ、誰……」
　目を開くと、どアップの顔。
　……こんなこと前もあった気が。
「……あ、お母さん」
「うわああぁん！　2回も娘に誰って言われちゃったぁ！　お母さんショック！」
　嘆いているのは私の……お母さん。
「……さあ、美由紀ちゃんとこ行くよー！　はいはい、準備準備ー！　外出許可もらったでしょ？」
「もらったけど……」
「じゃあ着替えて着替えてー♪」
　お母さんは、なんでいっつも私の寝起きに来るのだろうか……。
「あら、紗葉ちゃん久しぶりね？　体の調子はどう？」
「……別に、とくに変わりないです」
「ならよかったわ♪」

あのあと、お母さんに着替えさせられて車に乗ると、すでに女の人と男の人がいた。
　　……美由紀のお母さんとお父さん。
「すまないな。毎年付き合わせちゃって」
「……いえ、私が行きたいんです」
　　毎年、この日だけは外出許可をもらっている。
　　どうしても行かなくちゃいけないの。
「ごめんなさーい、お待たせしちゃって」
　　そのとき、私のお母さんが車に乗ってきた。
「全然です。じゃあ出発しますね」
　　美由紀のお父さんの言葉で車は動き出した。
「いい天気ねー♪　晴れると気持ちいいー」
「ほんと、よかったな、晴れて」
　　美由紀のお母さんとお父さんの会話を聞きながら、変わっていく窓の外の景色に視線を移す。
　　マンションや、学校、お店、いろいろなものが並んでいるけれど……。

「はい、とうちゃーく」
　　そう言われるころには、窓の景色はすっかり緑一色だった。
「じゃあ私たちは水をくんでくるから、紗葉、先に行ってくれる？」
「あ、うん、わかった」
　　お母さんに言われて、美由紀のところまでひとりで歩き出す。

「……美由紀。来たよ」
　何回もここに来ていると……さすがに見つけるのも早くなっていく。
　目の前には、【今井家】って書かれていて。
　……美由紀の名字。
「……ごめんね。約束守れなくて」
　まわりに誰もいない中、呟く。
「美由紀、聞こえてる？　美由紀は見てた？　見てたらわかると思うんだけどね、あと半年なんだって」
　その場にしゃがんで言葉を続ける。
「……ごめんね。美由紀」
　私のせいで。
　それなのに、夢を叶えられなくて。
　……幸せに私だけ触れてごめんね。
「紗葉ちゃん！　ごめんね、待たせちゃった？」
「あ、全然です」
　しばらくそのままうずくまっていたら、お母さんたちがやってきた。
「紗葉ちゃん、お花入れてくれる？」
「あ、はい！」
　そう言ってお花を渡してくれる美由紀のお母さん。
　黄色と白が中心のほんの少しの花束を受け取る。
「キレイ……」
　美由紀っぽい色。
「ふふ、美由紀っぽいでしょ。その色♪」

「……はい。すっごく素敵です」
「そう言ってくれるとうれしいわー♪」
　そう言って、髪の毛を耳にかけながら笑う美由紀のお母さん。
　……髪の毛を耳にかけながら笑うその癖。美由紀もよくやっていた。
「よし、はい、紗葉。お線香」
　そのあとお花をお供えしたりして。
　だいたいのことを終えたとき、お線香を渡された。
　お線香を供えて手を合わせる。
「ごめんね……美由紀」
　誰にも聞こえないように、小さく呟いた。
「紗葉ちゃんもお母さんも、今日はありがとうございました。美由紀も喜んでると思います」
　美由紀のお父さんが青空を見上げながら言う。
「……なら、私もうれしいです」
「さあ帰りましょう♪」
　美由紀のお母さんがほほえみながら私の背中を優しく叩いてくれる。
「……はい」
　帰ろう。
　……病院に。

「送っていただきありがとうございました」
「全然よ♪　じゃあね、紗葉ちゃん」

そのまま病院まで送ってもらって私は車を降りる。
　美由紀のお父さんの車が見えなくなるまで手を振って、病院の中へ戻った。
　自動ドアを通って、私の病室に向かう。
　もう道のりは十分に覚えていて……。
　すぐにたどりついた。
　見慣れた扉を開けると、いつものベッドが真ん中に陣取っていた。
「……やっぱ、いないか」
　いないってわかっている。
　てか、私が出かけるって言ったんだし。
　でも、もしかしたらって、もしかしたら誠くんがいるかもなんて、ていうか、いてほしいって。
　いつのまにかそんな期待をしていた。
「……いないってわかってたのになぁ」
　いないってわかっていたのになんで……。
　なんでこんな期待しちゃったんだろう？
　なんでちょっとドキドキしていたんだろう。
　……なんで今、胸がギュッてなるんだろう。
「……よくわかんないや」
　……考えていても仕方ないし、久しぶりに散歩しよ。

「あ、紗葉お姉ちゃんだ！」
「花(はな)ちゃん。元気？　喘息はどう？」
「全然平気だよ！　ほら！」

そう言いながらくるくるまわる小さな女の子。
結局、あのあと小児科病棟に行くことにした。
プレイルームにはたくさんの５歳くらいの子どもがいて、その中で私に話しかけてくれた目の前にいる女の子は花ちゃんって名前で、ときどき来る私のことを覚えていてくれる。
「紗葉お姉ちゃんー！」
「え、紗葉お姉ちゃん！　一緒に遊ぼー！」
私の存在に気づいたみんながまわりにやってくる。
「あはは、紗葉ちゃん大人気ねえ……」
その様子に笑いながら看護師さんが言う。
「恐縮です……」
でもやっぱり、実際にはうれしいわけで。
思わず口元が綻んだ。
「紗葉お姉ちゃん！　こっち来て遊ぼーよ！」
「あ、うん、じゃあ遊ぼっか」
引っ張られるままにイスに座った。
小さな手に引っ張られながら４脚のイスがあるテーブルに連れていかれる。
私がイスに座ると続けて隣に座る花ちゃん。
その花ちゃんの隣、私の正面に座る小さい男の子。
それから私の左隣に座る女の子。
「ねえ、紗葉お姉ちゃん、お絵描きしよー！」
「うん、いいよ」
私がそう言うと、安心したようにニコッと笑う花ちゃん。

はい！　なんて言いながら紙と鉛筆とクレヨンを渡してくれる。
「あたしもお絵描きするー！」
「僕もー！」
　正面の男の子と左隣の女の子がそう言うと、はいはい、なんて言いながら紙と鉛筆を渡す花ちゃん。
「ふふ、花ちゃんお母さんみたいだね」
「ほんと？」
「うん！」
「やったあ！」
　右手にガッツポーズを作って喜ぶ花ちゃん。
　ガッツポーズを作るとこ……なんか誠くんに似ているな。
「見て見て！　パンダ！」
　それから黙々と4人で絵を描いていたら、花ちゃんが描き終わったパンダを見せてくれた。
「すごい！　上手」
「えへへ、あたしね大っきくなったら飼育員さんになりたいの！」
『私ね、大人になったらヘアメイクさんになりたいんだ！』
「……そうなんだ、叶うといいね」
　一瞬、花ちゃんと美由紀が重なった。
　……夢がある人って、みんなこんなふうに笑うから。
「じゃあね！　紗葉お姉ちゃん！」
　そのあと少しだけ遊んだら、花ちゃんたちはお昼寝の時間になって帰っていった。

「うん、ばいばい」

　さっき来た道をまたひとりで歩く。

「あ……ここって……」

　途中で、思わず見覚えのある懐かしい場所で足が止まる。

『どう？　我ながら上手くできたでしょう？』

『わっ、すごい‼』

　私がいた病室。

　そこにいるのは美由紀と……私？

　うつむいてもう１回顔を上げてみると、そこには見知らぬ男の子がいた。

　……やっぱり、さっきのは気のせいか。

　なんてひとりで納得してまた歩き出す。

「明日は土曜日かぁ……」

　誠くん、来てくれるかな。

【朝日奈 紗葉】

　小児科病棟から少し歩くと、すぐに自分の病室を見つけた。

「紗葉ちゃん。文化祭どうだった？」

「……すっごく楽しかったです」

　ドアに手をかけようとした瞬間、橘田先生に声をかけられた。

「そう、ならよかったけど……」

「……ありがとうございます」

　ほほえむ橘田先生にお辞儀をひとつして、病室の中に入った。

あれ以上、橘田先生といたら、言われる言葉は決まっているから。
「生きたいように生きろ、か……」
　……早く誠くんに会いたい。

「ん……あれ……」
　いつのまにか閉じていた目を開けると、空が明るい気がした。
「……何時？」
　すぐそばにある机の上の時計に手を伸ばしてみれば、午前6時30分と表示しているデジタル時計。
　……そういえば橘田先生と話したあとの記憶が、ない。
　私、あのまま寝ちゃったんだ。
　チカチカ、と光って自己主張しているスマホに手を伸ばす。
「……メールだ」
　真奈ちゃんから20分前くらいにメールが届いていて、

今日、全員で紗葉ちゃんのとこ行くね。

って書いてあった。
「……やった」
　また、みんなに会える。誠くんに会える。
　そう考えるとうれしくて、思わず口元が綻ぶ。

もう12月の下旬。
　そういえば、土曜日なのに終業式だ、なんて真奈ちゃんが愚痴っていた。
　そしたら、きっと誠くんたちが来るのはお昼くらいかな。
　チラッと時計を見ると、さっきから10分程度しか進んでなくて。
「お昼まで、何しよう……」
　この時間、今までなんてことなかったのに、今までよりずっとずっと長く感じる。
　　……暇だし、もう1回寝ようかな。
　とくにやることないし。
　目を閉じると、すぐに夢に落ちていった。

『紗葉ちゃん！　大変！』
　え、何これ……。
　夢？
　私に向かって焦った顔で大声を出す看護師さん。
　ふと、机のデジタル時計を見ると、
『どうして……』
　昨日に戻っていた……つまり美由紀の命日。
　もう1回時計を見ると、正午のちょっと前くらいの時刻。
　……私がいる病室は小児科病棟のときも今も3階。
　下から、ざわざわする音が聞こえる。
『同じだ……』
　全部、全部、あのときと一緒だ。

全部一致する。
そうわかったとたん、いてもたってもいられなくて。
気づけば走り出していた。
……ああ、もう、なんで、走り出すタイミングまで一緒なのかな。
階段を駆け降りて、病院の自動ドアから飛び出せば、病院の目の前の横断歩道に群がっている人。
その野次馬の中に割り込む救急隊員。
担架(たんか)を引っ張ってきてその上に、倒れている人を乗せる。
あのときと違うのは、私が今の私ってことぐらい。
ちょうど担架に乗せられた人の顔は光の角度で見えない。
……担架に乗っているのは誰？

「……あ、ごめん、紗葉ちゃん起こしちゃった？」
あと数秒で、担架に乗っている人の顔がわかるところで目が覚めた。
「……あ、恵ちゃん、全然大丈夫……」
目の前には恵ちゃん、その恵ちゃんのうしろに徹くんがいて、病室の窓側で真奈ちゃんと奏多くんが小声で言い合っている。
その真奈ちゃんたちの手前に、誠くんがいた。
「紗葉ちゃんごめんね、真奈と奏多がうるさいから」
徹くんがそう言うと、な!?　失礼な！　なんて言いながら振り向く真奈ちゃんと奏多くん。
「全然気になんなかったよ、大丈夫」

むしろ、あのタイミングで目が覚めたほうがよかった。
　……だってきっとあの場面で担架に乗っている人は決まっているから。
「……真奈ちゃん、その手どうしたの？」
　ふと、目に入った真奈ちゃんの右手。
　包帯が巻かれている。
「え、ああ、さっき車が突っ込んできた」
「……もしかして病院の目の前にある横断歩道？」
「え、うん、そうだけど……それからここで手当してもらったの」
　なんてことない、なんて表情でポカンとした真奈ちゃんは首を傾げる。
「真奈が青信号で渡ろうとしたら、信号無視の車が突っ込んできたの。真奈、これでも反射神経いいからさ、よけて手のかすり傷程度で済んだけど」
　よかった、なんて表情でほほえむ恵ちゃんが説明してくれる。
　時計を見ると正午のちょっと前。
　……まるで胸にナイフが刺さったような衝撃が走る。
「え、紗葉ちゃん!?」
　……私のせいだ。
　頬に涙が伝う。
「紗葉ちゃんどうしたの!?」
　慌てた真奈ちゃんと恵ちゃんが目に映った。
「どっか痛い？　苦しい？」

恵ちゃんの問いかけにただただ横に首を振る。
　痛いわけじゃないの。苦しいわけじゃないの。
　……ただ、涙が止まらない。
　ずっとずっと溢れてくる。
「真奈ちゃん、ごめん……っ、はっ……私のせいっ……」
「え、何が……」
「手……」
　必死で涙に震える声で真奈ちゃんに謝る。
「え、紗葉ちゃんは悪くないよ」
　そう言ってくれる真奈ちゃん。
　違うの。私が悪いの。
　私の存在自体がダメなの。
　……あ、ダメだ、呼吸がしづらい。息が苦しい。
　恵ちゃんが背中をさすってくれる。
　あの日の出来事がフラッシュバックする。
　大勢の野次馬、救急隊員、それから……。
　それから……。
　それから……担架に乗っているのは、美由紀。
「……紗葉ちゃん！　大丈夫!?　どっか苦しい!?」
　真奈ちゃんの声に必死で首を振る。
　……ううん、違うの。
　全部全部、私が悪いんだ。
　私がいるからみんなが不幸になるの。
「ナースコール……押して……」
「わかった！」

前にも1回こんなことがあったから、橘田先生や看護師さんならわかってくれるはず。
　そんなことを考えた瞬間、私の意識は飛んだ。
「紗葉！」
　誠くんの声を聞きながら。

　目を開けると、右隣で私の手を握りながら寝ている真奈ちゃんがいて。
　そのうしろのイスで寝ている恵ちゃん。
　徹くんと奏多くんは壁にもたれかかって寝ている。
　それからすぐ左隣で誠くんが寝ていた。
「……みんな、どうして……」
　時計は午前1時を表示していて、面会時間もとっくに終わっているはずなのに。
　ひとり呆然としていると、
「ん……」
　右隣にいる真奈ちゃんが、目を覚ました。
「……紗葉ちゃん？」
　少し、寝ぼけた顔の真奈ちゃんの声。
「うん、朝日奈紗葉」
「……目、覚めたの？」
「……うん、ごめんね、迷惑かけちゃって」
「……夢じゃないよね？」
「ふふ、夢じゃないよ」
　そう言うと段々開かれていく真奈ちゃんの目。

「……紗葉ちゃん！　よかったっ、よかったっ」
　そう言って抱きついてくる真奈ちゃん。
「真奈ちゃん……泣いてる？」
「泣いてないっ！」
　そう言って笑う真奈ちゃんの目から涙が溢れている。
「……真奈ちゃん、ありがとう」
「……うん！」
　また笑顔を見せてくれる真奈ちゃんに私も笑った。
「真奈、うるさい……ほかの人に迷惑で、しょ……」
　顔を歪めながら起きた恵ちゃんと目が合う。
　それとともに見開かれる恵ちゃんの目。
「紗葉ちゃん！　よかったあああ！」
　その場でほほえんで私のところに駆け寄ってきてくれる。
「紗葉ちゃんが急に気失うから、ほんとこのまま紗葉ちゃんがいなくなったらどうしよって、みんなで心配したんだからぁ」
　そう言って目に涙をためる恵ちゃん。
「ごめんね、でも大丈夫、"がん"とか関係ないから」
「うん、橘田先生もそれ言ってた。きっと昔のこと思い出してこうなったんだって」
　さすが橘田先生……。
　見事に当たっている。
「あは、前にも１回あったんだよね、こういうこと」
　前にも１回だけ。
　……美由紀がいなくなった３日後くらいに。

「……そうなんだ。でも紗葉ちゃんが無事でよかった。ほんとよかったあああ」
　そう言って笑う真奈ちゃんに、私も恵ちゃんも笑う。
「……ありがとう」
　そうひと言、言えばもっととびきりの笑顔を見せてくれる真奈ちゃん。
「ん……紗葉？」
　そのとき、誠くんが私の名前を呼んだ。
「……紗葉、だよね？」
「……うん」
　いつのまにか起きていた誠くんが、寝ぼけた目を見開きながら尋ねてきた。
「……ほんとにほんとに紗葉だよね？」
「ほんとのほんと」
　何度も確認してくる誠くんに、少し笑いを堪えながら言うと、
「……よかった」
　ふにゃりと、安心したように笑ってくれる誠くん。
「……めっちゃ心配した」
「……ごめん」
「ふは、紗葉が元気なら、それでいいや。……ほんと、よかったあ」
　そう言って目を細めて笑う誠くんに、
「……ありがとう」
　……口から、自然とこの言葉が出た。

あれから徹くんと奏多くんも起きてきて、みんなに心配かけちゃったんだって、反省。
　それから病院に泊まることになった経緯を話してくれた。
「昨日、だね、時間的に。真奈が帰らないって騒いでさ。ほんと近所迷惑かってくらい」
　腕組みをしながら真奈ちゃんを睨む奏多くん。
「そーそー。あたしたちだって帰りたくなかったけど、さすがにこんな大人数無理でしょって話してて」
　口元に手を当てながら話す恵ちゃん。
「だから私だけ残るって言ったのに、恵たちがそんなのずるいって言うから……」
　不満そうにブツブツ喋る真奈ちゃん。
「そんな言い合いしていたら、橘田先生が全員ここに泊まっていい、って」
　最後にニコッと笑って徹くんがまとめてくれる。
「……そうなんだ」
「みんな紗葉のこと、心配だったから。迷惑だったらごめんね？」
　隣に座っている誠くんが首を傾げながら言う。
「ううん、全然。迷惑、なんてこれっぽちも思ってない」
　だってこんなにうれしいんだもん。
　迷惑、なはずがない。
「ふぁあ？　紗葉ちゃん元気そうでよかった。じゃあ、あたしたち帰って寝ようかな」
　あくびをしながら、恵ちゃんが立ち上がる。

両親に、私が起きるまで、ここに泊まる許可をもらっていたみたい。
「じゃあ帰るよ、真奈と徹と奏多も早く準備してー」
　真奈ちゃんや徹くん、奏多くんも家族と同様の約束をしていたみたいで、みんなあくびをしながら、帰る支度をはじめた。
「ほんと今日、ごめんね？」
「あは、紗葉ちゃん謝ってばっか。全然平気だから♪」
　みんなの支度が終わったところで、もう１回謝れば、笑ってそう言ってくれる真奈ちゃん。
「うん、ありがとう……おやすみ」
「……じゃあね、紗葉ちゃん。おやすみ」
　ドアを開けて廊下に出た真奈ちゃんたちに手を振る。
　ドアが閉まると同時に、誠くんとふたりきりになった。

　どうやら、誠くんは親に事情を説明したところあっさり１泊くらい男の子なんだから泊まってこいって許可が出たらしい。
　てわけで、今の状態に至る。
「……紗葉、大丈夫？　眠い？」
「ううん、お昼ごろから寝てるから、平気」
「そっか」
　何しよっか、なんてほほえむ誠くん。
「……ねえ、私がどうして『また明日』って言葉、嫌いになったか知ってる？」

「……え……明日を考えたくないから？」

少し間を開けて答えた誠くん。

「それもあるけどね、ほんとはもうひとつ理由があるの」

　……ていうか私なんでこんな話、しているんだろ。

　なんか、誠くんになら美由紀のこと話していいかな、なんて思っちゃったんだよね。

　他人になんて話すの初めて。

「……もうひとつ？」

　誠くんが首を傾げながら聞いてくる。

「……うん、私ね、小3からここにいるの。いきなり激しいめまいと動悸が襲ってきて倒れて……検査してもらったら……"がん"だった。最初は小児科病棟にいたの」

　今は花ちゃんたちがいるところ。

「正直言って、あのころの私には死とかよくわかんなかった。"がん"とか何それ？　病気？　みたいな」

　隣で少し頷きながら黙って聞いてくれる誠くん。

「そのときはまだ治療すれば治るって言われてたし、実感とか全然なかった。死ぬってなんだろう？　って。怖いとかそんなのなくて。ただたんに、よくわかんなかった。ああ、私、もしかしたら死ぬんだ？　みたいな感じ」

　暗くなった窓に映る自分。

　あのころに比べれば、ずっと大きくなった。

「……ここの病院の小児科病棟には個室がなくて、4人部屋なの。私が入院したときには3日前から入院している女の子がひとりいた。私より1歳上だったから……小4かな。

名前は……今井美由紀」
　美由紀の名前を出した途端、誠くんは目を少し見開く。
「その子は両脚の複雑骨折で入院してた。黒髪のミディアムヘアですっごく明るくて笑顔がかわいい子だった。入院生活はすっごく退屈で。そのとき、その子が話しかけてきてくれたの」
『あなた、名前は？　私、今井美由紀。よろしくねっ！』
「その子に話しかけられた瞬間思ったの、ああ、この子、絶対に人生が楽しいんだろうなって」
　……あのときの美由紀の笑顔は今でも忘れられない。
　すっごくキラキラしていた。
「その子とはすぐに仲よくなった。気さくで優しくて明るくて面白くて気が合う。クラスにも仲いい子はいたけれど、その子がいちばん仲のいい子だったと思う」
　……今、思い返してもやっぱりあのころの私は美由紀がいちばん仲がよかったかな。
「私と同じ小学校だったから、まさか運命？　なんて盛り上がったよ。私たちだけの秘密の話とかもあったの。なんでも話せるまさに親友って感じ」
　ひとつ年齢が上とか、病気だとかそうじゃないとか関係なかった。
　まったく気にならなかった。
「お互いに『美由紀』『紗葉』って呼ぶようになって。……夢とかも語り合ったなあ」
「……その子の夢ってなんだったの？」

誠くんが小さい声で尋ねてくる。
「……ヘアメイクさん。美由紀のお母さんがね、プロのメイクアップアーティストだったの。だから、私もお母さんみたいにモデルさんをキラキラさせる人になるんだ、なんて言ってた」
「……そうなんだ」
そう言ってまた黙って話を聞こうとしてくれる誠くん。
「……私はデザイナーになりたいって言ったら、じゃあ私たちでモデルさんキラキラさせようって笑いながら言ってた。私が洋服をデザインして、美由紀がヘアメイクをして……。ふたりで組んでトップに立とうって。美由紀はほんとにトップに立てるような、それだけの才能があったの。まわりの大人たちも美由紀の才能を認めてた」
美由紀は小4なのに、大人顔負けの腕だった。
「美由紀は退院してからも、毎日のように私のお見舞いに来てくれたの。学校から帰ってきた足でここに来て、いっぱい喋って……みたいな」
毎日が本当に楽しかった。
ただ、美由紀と喋る時間が楽しみで仕方なかった。
「……でも、私の体は悪化していく一方だった。検査したら悪い結果しか出なくて。どんどんどんどん生きれる確率が低くなって。……怖かった。死ぬの、怖くなった」
学校があって美由紀が来られない午前の時間は退屈で、いろいろ考えていたら怖くなっちゃったんだよね。
まだはっきりと『死』を意識していたわけではないけど、

ぼんやりと見えていたものが……少しクリアに見えたみたいな感じ。
「……ある日、いきなりめまいと動悸がまた来たの。苦しくて、苦しくて。このまま死ぬんじゃないかって思った。今、考えると……大げさだよね」
　自嘲気味に話す私と、誠くんは黙って視線を合わせる。
「……一時的なやつだからすぐに治まったけど、橘田先生には抗がん剤治療を勧められた。髪の毛が抜けたり苦しい思いをしたりするのは嫌だから、やらなかったんだけどね」
　……抗がん剤治療は今もやってない。
　小５の終わりくらいにしぶしぶやって、効果が出なかったのもある。
　あんなに苦しいのもうやりたくない。
「結局、そのときはやらなかったんだけど、すっごく迷った。どうしてこんなに辛い思いしなきゃいけないのって。どうして私ばっかりって思った。それで、元気な人になんか腹が立った。だから、１回だけ美由紀に当たっちゃったんだよね」
　少し驚いた表情をした誠くんと目が合う。
「どうして私だけこんななのって、美由紀は元気でいいなって。どうせ死ぬことになんて怯えてないんでしょって……。そしたら美由紀、驚いた顔したの」
　ちょうど誠くんと同じような表情していたな。
「私……泣いてた。どうして、どうして死ぬの、どうして死ななきゃいけないのって言いながら……泣いた。そした

ら美由紀がね、『私だって死ぬ恐怖に怯えている』って言ったの」

　あのときは意味わからなかった。

　美由紀は元気なのに、って思ったから。

「理由を聞いたら、『たとえ、元気な人だっていつ死ぬか、なんてわからないでしょ？　事故とか地震とか急病とか火事とか事件とか、これから何が起こるかなんてわかんない。明日死ぬかもしれない。生きている、なんて当たり前のことじゃないの。奇跡なんだよ？　両親が何百万分の一の確率で出会って、何億分の一の確率で私たちが生まれて、今、いつ死ぬかわからないこの世界でここまで生きている。それって奇跡じゃん。……生きていることって奇跡だよ。紗葉と私が組めば、最強で最高なの。だから死ぬなんて言わないでよ、生きてよ。一緒に生きようよ』って」

　記憶の中で、優しそうにほほえみながら言う美由紀。

「生きてよ、一緒に生きようよ、なんて言われたの初めてだった。みんな『治るよ』しか言ってくれなくて、ああ私たちのこと見下しているんだって、私たちと自分は違うって思っているんだって感じてた。でも美由紀は違った。一緒に生きよう、って。単純な言葉かもしれないけどすっごくすっごくうれしかったの。それだけで生きようって思えるような。それだけで生きたいって思えるような。その言葉がずっと支えになってた」

　美由紀がいたから、どんなに悪い結果が出ても、頑張ろうって思えたの。

「1回だけ美由紀にヘアメイクしてもらったの。いつものストレートな髪型を三つ編みでカチューシャに作ってあって、ふんわりピンクのチーク、チークとお揃いの色のリップ。まつげもビューラーで上げて、アイライナーにマスカラ。ナチュラルなメイクだったけど、すっごく上手だった」
『どう？　我ながら上手くできたでしょう？』
『わっ、すごい！』
　……美由紀のヘアメイクは不思議で、まるで私じゃないみたいだった。
　鏡の中の私はイキイキしていて、なんだか幸せになれるようなメイクだったんだ。
「それから、美由紀と約束したの。『私と美由紀で将来は絶対に世界一のモデルさんを仕上げる』って。世界一までとは行かなくても、ふたりで組んでお仕事すること、絶対に夢を叶えるって約束したの」
『約束を破ったらどうしよ……じゃあ紗葉が約束を破ったら私に100着、服を無料でデザインしてよ♪』
『えー、じゃあ、美由紀が破ったら、私に100日無料でヘアメイクしてね？』
　笑い合いながら、ふたりで小指を絡めて約束した。
　そう約束……した、のに。
「……美由紀さ、約束を守らなかったんだ。守ってくれなかった」
　うつむきながら喋ると、自然と両手の拳に力が入る。
「……美由紀っ……っ、死んじゃったんだ」

呟くようにそう言えば、涙で視界が揺れる。
「え……どうして……!?」
　隣で誠くんの驚きの声が聞こえる。
「……っ、どうして、だろうね。……ほんと、私が聞きたかったな。……美由紀は青信号で渡ったのに。なんでっ、トラックが突っ込んでくるのかな……」
　涙が頬を伝う。
「12月18日だった。私は小5、美由紀は小6。私たちの小学校は終業式で、いつもより早くお昼くらいに来れるって美由紀は言ってたの」
　美由紀と少しでも長く話せるってうれしかったのに。
「……お昼ごろ、看護師さんが『紗葉ちゃん！　大変！』なんて慌てながら私の病室に来たの。何があったのか最初はわけわからなかった。『下から聞こえるザワザワした声、どうしたんですか？』って看護師さんに聞いたら、『美由紀ちゃんがね……』って。最後まで聞かなくても、看護師さんの青い顔を見たら全部わかった」
　わかった途端、走った。
　全速力で。
　"がん"とかそんなのどうでもいい。
　階段を駆け降りて、自動ドアを通って、病院の外に出れば、目の前の横断歩道で、大勢の野次馬がいた。
　野次馬の中に割り込んで、担架に倒れている人を乗せる救急隊員。
　倒れている人は野次馬で見えなかったけど、遠くにあっ

た赤いランドセル。
　そのランドセルについていたキーホルダーは、美由紀が私にくれて、ふたりでお揃いにしたやつだった。
『美由紀っ!!』
　……ねえ、あのときの私の叫び声、美由紀に聞こえていたのかな？
「病院の目の前にある横断歩道で、青信号で渡って。信号無視のトラックが突っ込んで……。……どっちが悪い？　っ、トラックと美由紀。どっちが悪いのかな。そのままトラックは轢き逃げ。犯人まだ……捕まってないんだ。なんで、なんで、美由紀がっ、美由紀が！　死ななきゃいけなかったの!?」
　なんで、なんで。
　どうして。
　何度も思った。
　どうしてって。
　でも答えなんて出てこなかった。
　だって、美由紀の欠点なんて見当たらない。
「性格もよくて、かわいくて。才能もあって成績だってよかった。完璧だって言っていい存在だったよ。なのに……いい子だったのに、どうして……？」
　どうして？
　どうして美由紀が死ななきゃいけなかったの？
「わかんないよ……いい子だったら神様が幸せにしてくれるって言うけど、そんなの嘘だ。神様は私たちに幸せなん

て、くれなかった」

　神様は意地悪だ。
　あのとき、手術室から出てきた美由紀は、担架でどこかに運ばれた。
　……そのまま私は霊安室って場所に連れていかれて。
　そこにはお線香みたいなのがあって、台の上にのった美由紀の上に白い布がかけてあった。
　白い布を美由紀のお母さんがめくったら、そこには目を閉じた美由紀の顔があって。
　信じたくないのに信じなきゃいけない。
　認めたくないのに認めなきゃいけない。
　目の前の光景を誰かに嘘って言ってほしかった。
　そのまま美由紀が目を開けて、『嘘だよ、驚いた？』なんて言いながらいつもみたいに笑ってほしかった。
　動かない足を無理やり前に出して美由紀のそばに行く。
『……み、ゆき？』
　喉が貼りついたみたいで上手く声が出せない。
『嘘でしょ。ねえ、ねえ！　美由紀！　一緒に、一緒に生きようって言ったじゃん！　夢を叶えようって、ふたりでトップに立とうって……。約束したじゃん！　美由紀！　約束破ったら100日ヘアメイクするって言ったよね……？　してよ！　約束、守ってよ！　ねえ美由紀！　起きてよ！　どうしてよ！』
　だけど、どんなに呼びかけても美由紀は答えてくれなく

て、美由紀の顔も体もピクリとも動かなかった。

　ふいに触った美由紀の手は、驚くほど冷たくて……幼い私は言葉を失った。

　……どうして。

　その疑問だけが頭を巡って。

　昨日まで、美由紀って呼んだらすぐに振り向いて。

『ん？　何ー？』

　なんて言いながら柔らかく笑って。

　コロコロ表情を変えて。

　悩んでいるとき、私の手を握って励ましてくれた美由紀の温かい手。

　……大好きだった美由紀も全部全部ここにいない。

　つい、昨日まで笑っていたじゃん。

　生きていたじゃん。

　……また明日って、言ったじゃん。

『我々も最善を尽くしましたが、すでに手遅れでした……』

　私の一歩うしろで、申し訳なさそうに言う医師にさえイラ立つ。

『諦めないでよ!!　そんな手遅れなんて言葉で美由紀を終わらせないでよ!!』

　やめて。

　そんな言葉、聞きたくないの。

　美由紀が死んだなんて思いたくないの。

『医者なら……美由紀を救ってよ……』

　誰か美由紀を助けて。

魔法でもなんでもいいから、美由紀にこれからの未来を過ごさせて。
『美由紀をっ……美由紀の存在を、消さないでっ……。また明日って言ったのに！　美由紀……いないじゃん！　別れのあいさつもしてないじゃん！　嫌だ。嫌だよ……ねえ、美由紀……答えてよ、お願い……。美由紀っ!!』
　手を握っても握り返してくれない。
　ダランと、力なく私の手から美由紀の手が滑り落ちる。
　……誰が美由紀を殺したの??
　なんで病院に来ようとしていたの？
　……私なんかのお見舞いのために??
　……ああ、そっか。
　…………私が美由紀を殺したんだ。
『美由紀……ごめんね。ごめんね、美由紀……』
　ああ、もう美由紀いないんだって。
　その瞬間、ありえないくらい涙が溢れた。
　まさに泣き崩れたって感じで。
　私は泣きながらその場に座り込んだ。
『美由紀っ、美由紀……！』
　いくら呼んでも答えてくれない大好きな親友の名前を呼びながら。

「倒れた美由紀のまわりにランドセルと……もうひとつ何があったと思う……？」
　涙が濡れ続けている頬を動かしてそう聞けば、誠くんは

少し考えて首を横に振る。
「色紙……だった」
「……色紙?」
「……そう、色紙」

すぐ隣にある机の引き出しに手を伸ばせば、色とりどりの文字が書かれた色紙が顔を出す。
「これ。美由紀がっ、持ってこようとしてたの。……5年のときの私のクラスのみんなの寄せ書き」

『早く元気になってね』とか、『きっと治る』とか『頑張れ!』とか……。

みんなのメッセージが書いてあった。
「……ここ、美由紀のメッセージ」

今井美由紀と書かれたところを指さしながら色紙を誠くんに渡す。

美由紀からのメッセージは、
『一緒に夢叶えようね。紗葉なら大丈夫。きっと大丈夫。一緒に生きよう』
……だった。

この色紙が私に手渡されたときには……美由紀はもういなかった。
「担任の先生の話だと、美由紀、色紙を渡すのすごく楽しみにしてたんだって。……っ、『紗葉が喜ぶ』って。すっごくうれしそうにしてたって。帰りのあいさつが終わったあと、すぐに走って笑顔で学校を飛び出したらしいの。……もっとゆっくりでよかったよ。走らなくてよかったよ。

あの瞬間に、美由紀が横断歩道を渡らなかったらっ……。あのときじゃなかったら。美由紀……生きてたのに」
　色紙は逃げないよ。
　普通に歩いてきても大丈夫だったよ。
「……私さ、美由紀に『ありがとう』って言えなかった。美由紀がいて、何度も救われて、それなのに……っ、お礼さえもできなかった。……私がいなかったらよかったのに。私がいなかったら美由紀はこの病院にも来なかった。死ぬことだって……なかったのに。本当……私、厄病神だ。私がいるからみんなが不幸になっちゃう。私が悪いの！　私が……私が、私の存在が美由紀を殺したの！」
「そんなことない……！」
「私のせいで……美由紀は死んだの！　私が悪いの！　私さえ……いなければよかったのに……。美由紀だってっ……きっと、私を恨んでる……」
「紗葉のせいじゃない……！」
　泣きながらそう言えば、誠くんも同じように泣いていた。
「どうしてよ……！　私さえいなければ美由紀は、美由紀は生きられたのに！　美由紀は私なんかよりずっと生きるべき存在だった！　どうして!?　なんで神様は私を先に殺さなかったの!?　誰も、誰も、思ってなかったよ……。美由紀が明日死ぬなんて。私より先に死ぬなんて、誰も思ってなかったよ！」
　そう言い放つと、誠くんはものすごく悲しそうな顔をして口を閉ざす。

「私なんか美由紀より生きていていい存在なんかじゃないのに……美由紀と最後に交わした言葉は『また明日』だった。また明日なんて……言わなきゃよかった……。明日、美由紀と会えるなんて期待しちゃう。美由紀が死んで、その言葉を認められない。信じられない。大切な人が、大好きな人が明日いなくなるくらいなら……。ずっと今日でいたい。……明日なんて来なくていい。明日なんて……来ないでよ。私の大切な人を奪わないでよ！」
「……」
「美由紀が死んでから何度も死にたいって思った。なんで私なんかが生きているんだろうって。どうせもうすぐ死ぬのにどうしてって。でもそのたびに美由紀との思い出が邪魔するの。美由紀の言葉を思い出して踏みとどまっちゃうの。……どんなに死にたいって思ってもやっぱり生きたいの！　美由紀だって生きたかったはずなのに……。私なんかよりずっと長く生きられたはずなのに……。私なんかよりずっとずっと生きたかったはずなのに！　私さえいなければ美由紀だって……！　真奈ちゃんだって、私のせいで……。また私のせいで大切な人を傷つけちゃう……。せっかくまたできた大切な人たちが不幸になっちゃう……。私さえいなかったら……！」

　いろいろな思いが出てきて混ざり合って……夜中だってことも忘れて泣き叫ぶ私の言葉を止めるように、誠くんがグイッと私の腕を引っ張った。

　バランスを崩した私はいつのまにか誠くんの腕の中にい

て……抱きしめられていた。
「え……ちょっとどうしたの……？」
　いきなりのことに戸惑いながら尋ねても、なんの返答も返ってこない。
　……何が起きたの？
　ただびっくりして抵抗することも忘れて、その体勢のままいれば、背中にまわっていた片手が私の頭に触れる。
　頭に手が置かれたと思ったら優しく頭を撫でてくれる誠くん。
「え、ちょっと何して……」
「そんなに自分を責めないで。……自分の存在を否定しないで。自分で自分を殺さないで……」
　さすがに恥ずかしくなって離れようとした瞬間、それを制するように耳元で誠くんの声が聞こえる。
「……俺は紗葉の気持ちとか辛さとか全部わかるわけじゃないけど。……まったくわからないわけじゃないから。美由紀ちゃんは紗葉にとってすっごく大切な存在、なんでしょ？　……だったらその思い出消さなくていいじゃん。……でも自分を責めないで。厄病神だ、なんて言わないで。自分がいなくなったらいいなんて、思わないで。俺は紗葉がいてくれてうれしかった。そりゃあ、美由紀ちゃんのことは仕方ないよね、だけじゃ片づけられないよ。逃げずに美由紀ちゃんに立ち向かってる紗葉はすごいよ。偉いよ。……でもさ、人間そんなに強くないんだよ。ひとりじゃ押しつぶされちゃうよ。我慢なんてしないで。ひとりで強が

らないで」
　……どうしてよ。
　なんで、文化祭のときも今も誠くんは欲しい言葉をくれるの？
　辛かった。
　美由紀のことを考えるたびに自分しか責められなくて。
　美由紀は必要とされているのに、私は誰にも必要とされてないんじゃないかって思って。
　みんな、なんで美由紀が死んで私なんかが生きているんだろうって思っているんじゃないかって思って。
　自分の存在を否定することしかできなかった。
「……っ、美由紀が死んだ次の日も、なんか。美由紀が……死んだのは嘘じゃないかって、認められなかった。……っ、霊安室、での出来事は夢とか幻で、現実なんかじゃないって信じたくなかった。……美由紀に、まだ話したいことがいっぱいあった！　美由紀に、ヘアメイクだってまたしてもらいたかった！　美由紀と、また……笑い合いたかったよ……。いきなり、人と人って別れちゃうんだ……。急すぎるよ、あんな元気な美由紀が。ずっと笑ってた美由紀がいきなり死んじゃうなんて……。せめて『ありがとう』くらい言いたかったのに……！」
　ボロボロ涙がこぼれる。
「……ずっと俺らがそばにいるから。紗葉のそばにちゃんといるから。いなくならないよ。……大丈夫、ちゃんといるから。……紗葉はひとりなんかじゃないんだよ」

誠くんの言葉は不思議。
今まで、心にフィルターをかけて……相手の言葉が直接心に入らないようにしたのに。
誠くんの言葉は私のフィルターを通り抜ける。
……直接心に染み込み、響く。
ただただずっと泣いている私に誠くんは、「ん」なんて言いながら、一定のリズムで優しく頭をポンポンと撫でてくれる。
なぜかこの状況がドキドキするのに、安心して。
しばらくの間ずっと泣いていた。

やっと涙が止まるころには結構時間がすぎていて。
泣いたまぶたが重かった。
「……もう、大丈夫……。……ありがとう」
そう誠くんに告げれば背中にまわっていた手が離れて、抱きしめられる前の体勢に戻る。
「……どうしたの？」
離れた途端、私の目を見て視線を外して、また目を合わす誠くん。
私が尋ねると、恥ずかしそうにうつむいて口を開いた。
「……俺、紗葉のこと好きだよ。泣き虫なのに強がりで、怖がりなのに意地っ張りで。弱虫なのにひとりで抱え込む癖がある。そんな紗葉だからこそ力になりたい。そんな紗葉だから、守りたい。……紗葉が好き」
……え？

恥ずかしそうにポツリポツリ、と言う誠くん。

でも、合わせている目は真剣で、

「え……？」

理解するのに、時間がかかった。

「……じゃ、おやすみ」

手の甲で、私の口を覆う誠くん。

「え、ちょ、まっ……」

私がちゃんとした言葉を発する前に、すぐに部屋の電気が消されちゃったから、そのあと誠くんがどうしたとか、わからなかったけど。

一瞬、見えた誠くんの顔……すっごく赤かった。

混乱

「……あれ」

翌朝、重いまぶたを開けると誰もいない病室。

チラッと時計を見るとまだ面会時間ははじまっていない。

……誠くん、どこ行っちゃったんだろう。

「ていうか、ほんと昨夜のって何……」

そう呟けば、昨夜の出来事が浮かんできて。

……顔がなんか熱い。

妙に心臓もドキドキうるさい。

……もうわかっているよ、私だって。

でも、私は恋なんて……できない。

今以上に生きたくなる。

今以上に生きることに執着しちゃう。

だから……恋なんかしちゃダメなの。

しかも、なんで美由紀の話からいきなりそうなっちゃうわけ？

なんて文句を心の中で言いながら気持ちを振り払うように、ぶんぶん頭を振る。

「……よし」

邪念を振り払ったところで、

「あ、紗葉。おはよー」

相変わらず眩しいほほえみを浮かべて、誠くんが病室の中に入ってきた。

「……おはよー。どこ行ってたの？」
「あー、外の自動販売機で飲み物買ってきた。はい、紗葉は水」
　ペットボトルの水を手渡してくる誠くん。
「……え、私、お金払うよ！」
　机にかけてあるバッグに手をかけようとすれば、誠くんの手にそれを制される。
「いいって。俺が勝手に買ってきたんだし……何買っていいかわかんなかったから水になっちゃったけど」
「でも……」
「でも、とかじゃなくて……ありがとう、がいい」
「……ありがとう」
　お礼を言えば「どういたしまして」って誠くんが笑う。
「あ、真奈たち、面会時間はじまったら来るって」
「……うん、わかった」
　それからはお互い黙っちゃって沈黙が続いたけれど……なぜか気まずくなかったっていうか。
　誠くんがそばにいるだけで安心しちゃったんだよね。

「紗葉ちゃん！　おっはよー！」
　お昼ちょっと前くらいに真奈ちゃんたちが来てくれて、さっきまで静かだった病室が一気に賑やかになった。
「にしてもさ、お母さんったら私が置いた着替え、脱いだやつだと思ってもう１回洗濯機に入れたんだよ!?　ひどくない!?　着替えの気持ちになってよ！　ピカピカでやっと

乾いた!?　と思ったらまたザブンだよ!?　かわいそうすぎるでしょ！　着替えが不憫(ふびん)だよ!!」
　……その賑やかさの原因はほとんど真奈ちゃんだけど。
「ていうか夜、紗葉ちゃん大丈夫だった？　なんかされなかった？　誠とか誠とか誠とかに」
　恵ちゃんがベッドのすぐそばのイスに座りながら聞くと、誠くんが苦笑いを浮かべる。
「……とくに、なかったと思うけど」
　答えたあとにもう１回記憶を振り返ってみる。
　うん、なかったと思うけど……あ。
　昨夜のことを思い出して、みるみる頬が熱くなる。
　……ごめん、恵ちゃん。
　真奈ちゃんの話に忘れかけていたけど、あった。
　……言えないけど。
「そ？　ならいいけど……顔赤いよ？　大丈夫？」
「え、そんなことないよっ！」
　不思議そうに顔を覗き込んでくる恵ちゃんの発言を大慌てで否定して、両手を頬に当てた。
　……熱い。
　焦りと緊張でヘンな汗が少し出てきたけれど、すぐに別の話題になったから、たぶん私がこんなにドキドキしているのは誰にも気づかれてないんじゃないかな……。
「もうっ、やっと冬休みだってのにー、ダラダラしたーい」
　さっきまで騒いでいた真奈ちゃんが、だらけたようにイスに座り込む。

「真奈はこれから十分ダラダラする予定でしょ」
「そうだけどさー」
　そう言いながらポニーテールに結んである髪を指に絡めて、くるくるいじり出す真奈ちゃん。
「でもさ、遊びたいしー、でもやっぱダラダラしたいしー、っていうこの葛藤ね」
「勝手にやってろ」
「黙れ奏多」
　毒を吐いた奏多くんに、すかさず突っ込んで睨み合うふたり。
「まあまあ、どっちもすればいいでしょー？　冬休み、短いって言っても２週間以上あるんだから」
　ふたりの戦いに、呆れたように恵ちゃんが小さくため息をつく。
「はは、そうだよ、真奈。欲張っていいんだし」
　恵ちゃんが言ったあと、徹くんがさわやかに笑うと、その場の空気がなごんだ。
　というより……真奈ちゃんと奏多くんが睨み合いをやめたからだけど。
「真奈ちゃんと奏多くんってケンカするほど、仲がいいってこと？」
「ふは、まあ、うん。真奈と奏多って、いっつもヘンなとこが似てるんだよ」
　誠くんにコソッと聞くと、笑いながら答える。
　……ヘンなとこが似ているってどんな感じなんだろ。

「あ、そうだ。来るときにパンを買おうと思ってたのに忘れてた」
「あー、僕もだ」
　ひとり悶々と考えていると、真奈ちゃんと奏多くんが思い出したように言う。
「……え、お昼ご飯食べてきてないの？」
「あー、あたしは食べたんだけどね？　真奈がメロンパンを食べたいってうるさくて」
「同じく奏多も。焼きそばパン食べたいって」
　恵ちゃんと徹くんが、やれやれっていう顔でふたりを見ると、
「うっ……」
　と言葉を詰まらせる真奈ちゃんと、
「だってパン食べたかった……」
　なんて小さく呟く奏多くん。
　……たしかに、似ているかも。
「……じゃあ、パン買ってくる」
「うん、ちゃんと食べてから来てよ？」
「え。持ってきちゃダメ？」
「は。当たり前だろアホか」
　恵ちゃんの注意に真顔で返した真奈ちゃんに、すかさず奏多くんが突っ込む。
　……なんだかんだでやっぱ仲いいな。
「……じゃあ、行ってきます」
　何やら不満そうな真奈ちゃんが扉に手をかけてそう言え

ば、奏多くんと一緒に部屋を出ていく。

「あ、そうだ。紗葉ちゃん、冬休み遊べる??」
　ふたりが出ていったあと、話しかけてくる恵ちゃんに頷けば、『よかった』なんてほほえんでくれる。
「餅つき大会とか福引とか、お祭り？　的なのがあるんだけど、よかったらうちらと一緒に行かない??」
「うん！　行きたい！」
　恵ちゃんの提案に笑顔で頷いた。
　お祭りなんて全然行ったことないけど……すっごく楽しそう。
「お祭りってあの毎年参加してるやつ？」
「そうそう♪　紗葉ちゃんと行きたいなーって」
「毎年参加してるの??」
　誠くんと恵ちゃんの会話を聞いていて、疑問に思ったことを聞いてみる。
「うん。俺ん家のすぐ近くなんだ」
「そうなんだ……」
　……てことは、恵ちゃんとか真奈ちゃんの家にも近いのかな。
「でねその日、１月４日なんだけど大丈夫かな??」
「……うん。大丈夫」
　検査の結果が正式に返ってきて、親と確認するのが１月５日だった。
　……大丈夫、だよね。

１日くらい。
　せめて前日くらい楽しんだっていいでしょ？
　言われることはだいたいわかっているんだから。
「……紗葉ちゃん？　どうしたの？　やっぱり都合悪かった??」
「ううん、大丈夫……」
　恵ちゃんが顔を覗き込んできたから、そう言って笑顔を見せた。
　……ごめんね。
　きっとその日でお別れなんだ。

「たっだいまー！　もうね、奏多があんパンか焼きそばパンで迷い出すから時間かかった……」
「はあ？　そんなこと言ったら真奈だって牛乳かオレンジジュースか迷ってたじゃん！」
「あー、はいはい。わかったわかった」
　数分後、その日の予定とかを話していたらやってきた奏多くんと真奈ちゃんに、呆れたように返す恵ちゃん。
「ところで恵たち、何を話してたの？」
「ああ、あの１月４日にあるお祭り」
「え、紗葉ちゃん、一緒に来てくれるの!?」
「う、うん……」
「やっったあああああー！」
　勢いよく真奈ちゃんに抱きつかれた。
「あー、こら。真奈、離れてー」

「え、何よ、誠一」
「真奈ニヤニヤすんな、きもい」
「奏多ひどくない!?」
　……デジャヴ?
「さすがにさ、うるさすぎなんだと思うんですよ」
　今、目の前で起きている光景。
　……真奈ちゃんがイスの上で正座している。
　そして、その真奈ちゃんの前に腕を組んで仁王立ちする恵ちゃん。
「……はい、すみませんでした」
「あんたさ、まったく紗葉ちゃんのことも考えなさいよ」
「深く反省しております」
　涙目で頭を下げる真奈ちゃん。
　あのあと、ずっと私に抱きついたままの真奈ちゃんを徹くんと恵ちゃんが離そうとしたところを、真奈ちゃんが騒いで暴れ……その手が恵ちゃんの頬に当たっちゃって、この状況。
「あのね、真奈。あたしの頬が腫れたらどうしてくれんの?」
「精一杯の援助をさせていただきますううううう」
　ニッコリ笑う恵ちゃんに怯える真奈ちゃん。
　め、恵ちゃん、目が笑ってない……。
「奏多ぁぁぁぁ、徹ぅぅぅ、誠ぉぉぉぉぉ、紗葉ちゃん助けてぇぇぇぇぇ」
「やだ。恵は怖いから。諦めろバカ真奈」
「奏多の言うとおり。俺に、恵を止められる自信ない」

「徹と奏多の言うとおり。恵はそうなったら誰にも止められないって、真奈がいちばんわかってるだろ」
「……ごめん、真奈ちゃん」
　助けを求めて真奈ちゃんが叫んだけど、あっさりみんなから断られる。
　……ごめん、真奈ちゃん。私も助けられる自信ない。
　だって恵ちゃん、どす黒いオーラが出ているから……。
「だからね、叫ぶなって言ってるでしょ。迷惑って言葉わかんない？」
「い、いひゃい……わはりまふ、わはってまふ……」
　両頬を恵ちゃんにつままれる真奈ちゃん。
「ごへんなはいいいいい、めふみさまああああ」
　あまりに痛いのか、真奈ちゃんがものすごい勢いで謝り出す。
　そしたら、満足そうに笑って真奈ちゃんのほっぺから手を離す恵ちゃん。
「あ、悪魔……」
　ボソッと真奈ちゃんがこぼした言葉に恵ちゃん以外が静かに頷いた。
「……痛い」
「真奈が悪い」
　不満そうにほっぺたを両手でさする真奈ちゃんに奏多くんが毒を吐く。
　恵ちゃんはさっきお手洗いに行っちゃって今はいない。
「恵は怒ると怖いんだからー」

「そうそう。地元のヤンキーだよ、あれは」
「……徹。誰が地元のヤンキーだって？」
「……嘘です。ごめんなさい。決して恵のことではないので!!」

　いつのまにかお手洗いから帰ってきていた恵ちゃんに顔を引きつらせながら後ずさりする徹くん。
　……黒いオーラを出しながらほほえんでいる恵ちゃん。
　たしかに怖い。

「徹、どんまい」
「奏多もっと感情込めてよ!!」
「徹、うるさい」
「はい……」

　それから、恵ちゃんが真っ黒い笑みを浮かべながら徹くんの頬を引っ張ったのは言うまでもなく……。

「真奈、ごめん。お前にマジ共感だわ」
「え、徹に共感されてもうれしくない」
「ぶっ……！　徹どんまい」

　即答で言った真奈ちゃんに吹き出した奏多くん。

「誠おおおおお!!」
「げっ。何」

　行くあてをなくした徹くんが誠くんに抱きついた。

「徹、暑苦しい」
「ひどおおおおおおい」
「でね、紗葉ちゃん。１月４日は、あたしたちが迎えにくるから……」

そんな徹くんを無視して恵ちゃんが話しはじめる。
　……スルースキル高いな、みんな。
「うん、じゃあ待ってるね」
　ひととおり、恵ちゃんと1月4日のことを決めて、少しの間喋っていたら、いつのまにか面会時間が終わる時間になっていた。
「ほいじゃ、私らは行きますか」
「うん。ほら、奏多も徹も誠も帰るよ」
「はいはーい」
　真奈ちゃんと恵ちゃんの言葉にみんなが立ち上がる。
「じゃあ紗葉ちゃん。ばいばい♪」
　手を振って廊下に出たみんなに、私はほほえんで手を振り返した。

「……橘田先生」
　翌日、向かった先は橘田先生のいる部屋。
「……1月4日。外出許可ください」
　取っていなかった外出許可を取りに来た。
「……紗葉ちゃん。一応わかってる、よね？」
　悲しそうにほほえむ橘田先生の言葉が、痛いほどに現実を見せてくる。
「……わかってます。わかっているからこそ、離れたいんです。……これが最後です。お願いします」
　わかっているよ。
　どれだけ逃げたって現実は変わらないから。

イスに座っている橘田先生に頭を下げる。
「うん、わかった。いいよ。ただ、無理しないでね。生きたいように生きろって言ったのも先生だし。ただし、少しでも気分が悪くなったら帰ってくること。いいね？」
「……はい。……ありがとうございます」
　優しく笑ってくれる橘田先生に少しほほえみ返す。
　そう、これが最後だから。
　……ありがとう。先生。

　あれからクリスマスも、年越しもすぐにすぎた。
　毎年のように行われるイベントは私にとっては無関係に等しい。
　クリスマス、なんて欲しいものなんかないのに。
　なんでも欲しいものをサンタさんがくれる、なんて昔は喜んでお願いしていた。
　……昔から私が欲しいものは……私がずっとずっと願っている欲しいものはサンタも医者も誰も与えてはくれないのに。
　頼んだらくれるかな。願ったらもらえるかな。
　平凡に生きられればそれでいい。才能も目立つことも何もいらないから。
　……生きられれば、それでいいのに。
『大人になれる命をください』
　……なんて、頼んでもくれるわけないのにね。
　諦めにも似た感情が出てきて、ハッと息を吐き出す。

クリスマスには誠くんや真奈ちゃんたちが来てくれて楽しかったけど、胸が痛んだのも事実。
　もうわかっている。
　……今までと同じじゃないって。
　もう本当に限界に近いって……ちゃんとわかっている。
　初詣も恵ちゃんたちに誘われたけど行けなかった。
　……大晦日に、めまいと動悸が来ちゃったから。
　少なかった症状が最近、多くなった。
「早いよ……ほんと」
　チラリ、とデジタル時計に目をやれば、1月4日と表示されている。
　楽しみだったけど来てほしくなかった。
　来てほしかったけど来ないでほしかった。
　心の中の矛盾と早すぎる時間の流れに、小さくため息をつく。
　……もう離れなきゃいけないじゃん。
　時間が憎い。
　こんなにも早く来た朝が憎い。
　……何より、病気の自分がいちばん憎い。
「なんで……なんでだろう……」
　何回目かわからない疑問がまた浮かび上がってくる。
　どうして、私は病気なの？
　どうして"がん"にならなきゃいけなかったの？
　……何回考えたってまったく答えは出ないから、そういう運命だったんだ、って自分に言い聞かせる。

「……運命、か」
　運ばれる命。
　いったいどこに命は運ばれるんだろう。
　……向かっている先はどこ？
　私たちはどこに向かっているんだろう？
　幸せ？
　それとも……違うところ？
「あー、もうやめやめ！　着替えよ！」
　暗い気持ちを振り払うように頭を振って、この間お母さんが持ってきてくれた服に手をかける。
　ってひとりで喋りすぎでしょ、私。
　せっかく、真奈ちゃんたちと遊ぶんだから楽しまないと！
　そう決意しながら白いワンピースに着替える。
「……ちょっと寒いかな？」
　まあいいや、コートがあるし。

「紗葉ちゃーん、どう？　今日行けそう??」
「あ、恵ちゃん……うん、大丈夫だよ」
　コートをバッグから引っ張って取り出した瞬間、みんなが病室に入ってきた。
「おっっふうううう……ヤバい、紗葉ちゃんかわいい」
「お黙り、変態真奈」
「紗葉ちゃんのワンピース姿、初めて見たー！」
　奏多くんの毒が聞こえていないのか、満面の笑みで話しかけてくる真奈ちゃんに首を傾げる。

「あ、そっか。文化祭のときは、パンツスタイルだったもんね」
「うん！　病院も私服だけどワンピースとかじゃないから」
「ああー、くつろぎやすいようにゆったりとしたの着てるもんね」
「そうそう！　ああー、今日楽しみー♪」
　そう言って両頬に手を当てた真奈ちゃんが一瞬ニヤリと笑う。
　と、その瞬間ゴンって音とともにうしろへ真っ直ぐ伸びた真奈ちゃんの足。
　え……奏多くんが飛んだ？
「……いったあぁああああぁああ!!」
「真奈、今のは痛い」
「奏多が悪い」
　真奈ちゃんに蹴られた奏多くんは涙目で。
　そんな奏多くんにドヤ顔してもう1回いたずらっ子のように笑う真奈ちゃんが……このときばかりは悪魔に見えた。
「真奈最低、ここ病院」
「奏多うるさーい、男のくせにそんなのもよけれないなんて、女々しいんですけど」
「……真奈のバカアアアアアアアアアアアアア!!!」
「あーあ、真奈のバカ。お前の頭は学習をしないのか」
「あ、痛っ、恵、痛い！」
　デコピンされた額を押さえながら、真奈ちゃんが恵ちゃんを睨む。

禁句を言われた奏多くんは徹くんに突進しているし。
　……みんな、やっぱ面白いな、なんて思ってクスリと小さく笑う。
「紗葉、何を笑ってるの？」
「いやー、みんな面白いなって……」
「えー、そうかな？　バカなだけでしょ」
　そう言ってクリッとしている黒目を細めて笑う誠くんに胸が高鳴る。
　それがバレないように慌てて誠くんがいないほうに向いたけど、一瞬窓に映った顔、赤かった気がする。
「さ、バカたちは置いていこ。誠も徹も紗葉ちゃんも準備できてる？」
「待って。恵、まさか僕もバカに入ってる!?」
「……当たり前でしょ」
「なっ！　徹よりも頭いいし!!」
　奏多くんと恵ちゃんの言い合いを聞きながらいそいそとみんな準備をはじめる。
「真奈はバカだって認めるけど、徹のほうがバカじゃん」
「奏多は普段の行いがバカなのよ」
「うわー、学年順位上だからってー、恵ひどいー」
　めそめそと泣き真似をする真奈ちゃんに楽しそうに笑う恵ちゃん。
「……恵ちゃんがいちばん頭いいの??」
「ううん、この中じゃ誠がいちばん」
　恵ちゃんがバッグを肩にかけながら答えてくれる。

「誠、恵、奏多、俺、真奈って感じかな」
「くっそ、どうせバカですよーだ、毎回５位以内の誠にはこの気持ちわかりませんよー」
「毎回５位以内なんだ、すごい……」
「あはは、たまたまだよ？」
「誠はこう見えて意外に頭いいから」
「恵、意外にとか失礼じゃね？」
「仕方ない。本当のことじゃん」
　怒る誠くんを笑ってかわしながら恵ちゃんが病室のドアに手をかける。
「みなさん準備はできましたかー？」
「はい！」
　ビシッと敬礼する真奈ちゃんに笑いながら、もう１回カバンを確認する。
　……あれ、入れてなかったっけ。
「あ、ごめん、ちょっと待って」
　そうみんなに声をかけて、さっきまで座っていたベッドの隣の机から薬を取り出す。
　……危ない、忘れるところだった。
「うん、ごめん！　大丈夫！　行こう！」
　袋に入っている薬をカバンに入れて言うと、
「……うんっ、行こう」
　少し不安も混じっているような、誠くんの笑顔が返ってきた。

「うわー！　何これ、屋台も出てるじゃん！　今まで出てなかったのに！」
「かき氷もあるんだけど！　食べようかな！」
「いいんじゃない、真奈。バカは風邪引かないよ？」
「恵がイジメるううううううううううう」

　ぎゃーぎゃー言いながら、屋台のおじさんにお金を渡していちごのかき氷を受け取る真奈ちゃん。

　今、真冬なのに……。寒くないのかな？
「紗葉は？　どっか行きたいとこある？」
「うーん……1回全部見てから決める！」

　あ、綿菓子が食べたい。

　小さな女の子が持っている綿菓子を見て、ふとバカな考えが頭をよぎる。

　あと少しだし……食べてもいいかな？

　……なんて、おかしいよね。

　たった1分1秒でも私は長く生きたいはずなのに……。
「紗葉ちゃん！　見て見てー！　このお守り、超かわいくない!?」

　歩きながらそんなことをぼーっと考えていると、真奈ちゃんがひとり、5メートル先くらいの屋台で手を振っていた。

　え、真奈ちゃん、歩くの速い……。
「れ、んあい、成就？」

　真奈ちゃんの元へたどりついて、恵ちゃんたちと一緒に屋台を覗く。

ピンクの布に、濃いピンクで恋愛成就と書かれていて、赤い糸でハートが作られている。
「ほんとだ。真奈にしてはかわいいの選ぶじゃん」
「ねえ、恵？　ちょっと待って、恵がスマホにつけてかわいいってみんなに言われてるストラップは、私が選んだやつだよね……??」
「よし、買おう。恋したいし。紗葉ちゃんは??　どうする??」
「うーん……恋愛成就、かあ」
　チラッと無意識に誠くんのほうを見たら、目が合ってしまった。
「紗葉ちゃん？」
「あ！　ごめん、何？」
　恵ちゃんに呼ばれてすぐにそらしたけど、目が合うなんて思わなかったし……。
　妙に心臓がうるさい。
「真奈は先輩のためでしょ？」
「めーぐーみぃいいいいいいいいいい!!　奏多には言ってなかったんだよぉおおおおお!?」
「へー、真奈がね……あの先輩ね、なるほど……」
　怪しい笑みを浮かべている奏多くんとかの会話を聞きながら目を閉じる。
「うーん、私も買おうかな……」
「ほんと!?　やった、紗葉ちゃんとお揃い！」
「真奈とお揃いなんて、心の底から願い下げですけど」
「恵ぃ!?　言っときますけどスクバもキーホルダーも、私

とお揃いですけど!?」
「やあねえ、それは幼なじみだから当たり前じゃない？」
「恵！　好き！」
「紗葉ちゃん、じゃあ買おう？」
「待って！　私も買うってば！」
　恵ちゃんが屋台のお姉さんにお金を払って、私も続いて財布を取り出す。
「300円……」
　3枚ピカピカの100円玉をお姉さんに渡して、お守りをもらう。
「よし、スクバにつけよー♪」
「真奈、先輩に見てもらえる位置にしたら??」
「え、ちょ、恵、どこだったら見てもらえる!?」
「真奈、髪の毛につけな……ぶふっ……」
「今、心の底から奏多がハゲればいいって思った」
　真奈ちゃんたちの会話に笑いながら、どこにつけようかなとか考える。
　うーん……スマホ??
「ねえねえ恵ぴょん！　めぐぴょん！　あっちに水飴あったぴょん！」
「ふざけろ、めぐぴょんって何」
「とーおーるっ！　射的！　射的やって！」
「はいはい、奏多は何が欲しいんですか」
　ぼーっと考えているうちに、いつのまにか、
「ちょっと真奈!?　引っ張んないでよ!!」

「ごめん、奏多の景品を取ってくるから、先に行ってて」
　奏多くんと徹くん、真奈ちゃんと恵ちゃんがいなくなっていて、誠くんとふたりになっていた。

「え、ちょ……真奈ちゃん!?　恵ちゃん!?」
「奏多!?　ちょ、徹!?」
　そう大声で呼んでみても人混みにかき消される。
「………どうする？」
「……どうしよ」
「……とりあえずお店、まわろっか」
「うん、そうする！」
　誠くんの提案にうん、と頷いて、ふたりで歩き出す。
「にしても人が多いなー」
「あ、金魚すくいなんてあるんだ……」
「……ほんとだ、なんでもあるね」
「……うーん、と何が食べていいのかなー……」
　誠くんと喋りながら、カバンの中を少し漁ってメモ帳を取り出す。
　お祭りに行くって言ったら、橘田先生が食べていいものを教えてくれた。
　……あ、やっぱ綿菓子ダメだったか。
「……焼きそば？　と、りんご飴」
　何個かある候補の中で、ふたつだけ食べたいものを挙げてみる。
「……紗葉、焼きそばとりんご飴が食べたい？」

「うん、食べたい……」
「じゃあ、行こっか！」
　そうやって、ふにゃりと笑う誠くんに笑い返して、屋台まで足を進めた。
「りんご飴は大きいのが500円で、小さいのが200円だけど、嬢ちゃんどうする？」
「え、え、あ、じゃあ、大きいのください……」
「ふは、紗葉、緊張しすぎでしょ」
「だってだって……！」
　りんご飴のサイズが、ふたつあるなんて知らなかった。
　……しかも、大きいほうを頼んじゃった。
「ていうか、嬢ちゃんと兄ちゃん本当に美男美女だねー、お似合いのカップルだ」
「え、ちょ……カッ!?」
　お金を渡せば、屋台のおじさんが笑顔でサラッと爆弾発言をしてくる。
「そうだぞー、ふたりとも美形でうらやましい！　そのうちテレビに出ちゃうんじゃねーか？」
　豪快に笑うおじさんから視線を外してチラッと誠くんを見ると、案の定、誠くんも顔を真っ赤にしていて。
　いや、絶対に私だって真っ赤なんだけど。
「よーし、じゃあ、お似合いのカップルってことで彼氏さんにもサービス！」
　そう言って、おじさんは小さいりんご飴を誠くんに渡して、私たちに手を振ってくれた。

「……なんか、得しちゃったね」
「あはは、そうだね」
　お互い、右手にりんご飴を持ちながら歩く。
「ねえ……誠くんって、身長何cm？」
　一応、私は160cmくらい身長があるけど、明らかに誠くんのほうが大きい。
「えー、176くらいかなー？　なんで??」
「いや、なんでもない……」
　だって10cm以上差があるから歩幅は違うはずなのに、歩く速さは一緒だから……なんか、なんとなく。
「ふは、何それ」
「……やっぱ、優しいなって思っただけ」
　優しく笑う誠くんに、少しそっぽを向きながら呟くと、見開かれる目。
「……なんで、驚くの」
「……だって、いきなり紗葉に優しいって言われたから」
　そりゃ、驚くでしょなんて言っている誠くんに思わずこっちまで笑いがこぼれる。
「どんなイメージなの？　私」
「……凛としてて、根は優しいのに、心をすぐには開かない子。本当は弱くて泣きやすい子。でも相手のことをきちんと思いやれるよく笑う子っていう感じ？」
「……全部外れ」
「あと、あまのじゃく！」
　……見抜かれている。

「ていうか、紗葉ー。呼び方、『誠くん』じゃなくて『誠』がいいー!」
「……え!?」
　ずっと、『椎名くん』、『誠くん』としか呼んだことなかったから、なんか違和感っていうか、なんか恥ずかしい……。
「なんで『誠』?」
「なんで、と言われても……俺が『紗葉』って呼んでるからかな?」
「ああ……なんか会って2日目で名前呼びになったよね」
「うーん、紗葉と、話してみたかったから。案の定、最初は拒否られたけどね」
「拒否なんてしてない……!」
　いや……したかも。
「……でもなんか諦められなくて。恵たちがいてよかったーって思うよ」
「……なんか、ごめん」
　笑う誠を見ていたら、急に恥ずかしくなって目の前のりんご飴で顔を隠した。

「わっ、熱っ!」
「……焼きそばって熱いの??」
「熱いよ!　焼きたて!　ほかほか!　ほら、紗葉も食べて!」
「……う、うん」
　さっき誠に勧められて買った焼きそばを食べる。

「……！　ほんとだ……熱い！」
「ふは、だから言ったばっかじゃん！　焼きそばは熱いからねって！」
「だって、熱いの誠のだけだと思った……」
「紗葉って意外に天然？」
「え……違う！」
　ケラケラ笑う誠に文句を言いながら、焼きそばに息を吹きかけて口に含む。
　……おいしい。
「あ……真奈からメール来てる」
　そう言ってスマホを取り出し、スクロールしはじめる誠。
「……真奈ちゃん、なんだって？」
「うーんとね、【恵と水飴を食べ終わったから今から戻るけど、どこにいる？　奏多と徹も一緒だよーん！】……だって」
「本当？　じゃあ、行こう」
「そうだねー、あ。焼きそばのパック捨ててくるよ」
「え、私も行く！」
　空になった焼きそばのパックを持つ誠にそう声をかけるけど、笑って「大丈夫」って言われる。
　え、でも……さすがに悪いし。
「いいの、いいのー、捨てに行くついでに飲み物買いたいから」
「そう……なの？　……いや、でも」
「大丈夫だって！　ちょっと紗葉はここで待ってて！」

そう言い残して走っていった誠の背中を見つめると……
なんか急に胸が苦しくなって泣きそうになった。
　……知っているよ、この感情がなんなのかも。
　もうわかっているよ。認めたよ。
　でも、私はそんな感情持っちゃいけないから。
　……私はそんなことさえ、許されないから。

「ねーちゃん、超かわいいねー！」
「……はい？」
　誠が走っていった先を見つめていた頭を、声のかけられたほうへ向ける。
「……はっ！　超美人じゃん！　超当たり！　大当たり！」
「何、そんな美人さんとかモデルでもやってるの？」
「ていうか、ひとりでしょ？　俺らと遊ぼうよ？」
「いや……人を待ってるんで……」
　振り向いた先には高校生くらいの男の子が３人いて。
　……少し、服装っていうか身なりが派手？　かな。
「いいじゃーん、行こーよー！」
「うわー、色白！　ていうか見れば見るほどキレイだねー」
「わ、手までつるすべ！」
　急に触れられた手にゾクッとした。
　なんか、顔から血の気が全部引いちゃうような感覚。
「嫌……！　触らないでください！」
　……怖い。
「え、なんでぇー？　ひとりで待ってても寂しいじゃん？」

……怖い、怖い。
「……嫌」
「あんたみたいな美人そうそう出会わないんだよー？こっちも」
　……怖い、怖い、怖い！
「……ま、こと……」
　……助けて。誠。
「紗葉！」
　腕を掴まれて、振りほどいて、そんなことを繰り返していたとき、人混みの中からこっちに走ってくる誠。
「……誠！」
「紗葉、大丈夫？」
「……うん」
「そっか……で、お前らはなんなの？」
　聞いたことないような低い声で、男の子たちを睨みつける誠。
「なんだ、男がいたのかよ。別に。その姉ちゃんがひとりだったから話しかけてただけだし」
「チッ。男いるとか聞いてねえし。つうか興味ねえ」
「……次、行こうぜ」
　誠が来た瞬間、なぜかつまらなそうな顔してどっかに行っちゃった男の子たち。
　……いったい何しに来たの？
「……紗葉、ごめんね」
「……え？」

「怖かったでしょ」
「……少し、だけね」
　……ふと誠が優しく笑うから今ごろ、安心して。
「……怖かったよ。誠……いなくて、怖かったよっ」
　急に恐怖と安堵感からの涙が頬を伝う。
　いつのまにか、誠の腕に顔を埋めていて。
　頭を撫でてくれる誠の手が何よりも安心した。

「紗葉ちゃあああああん！」
　大きく手を振る真奈ちゃんに、笑って手を振り返す。
　真奈ちゃんたちに合流するころには目の赤みは治まっていて、泣いていたことには気づかれなかった。
「ねーねー、紗葉ちゃん！　花火しよー！」
「花火……??」
「奏多が徹に射的で花火セットを取らせたの。見事に当たっちゃって」
　恵ちゃんがそう言うと、花火セットを見せてくれる奏多くん。
「楽しそうじゃん!?」
「うん……やりたいかも」
「やったあ！　誠は!?　やるでしょ？」
「もちろん」
　よしっ、なんてガッツポーズをする真奈ちゃんを見て、スマホを取り出す。
　一応、橘田先生に遅くなるって言っておこう。

「でも、まだ明るいでしょ。奏多はやる気満々だけど」
「今、真冬なんだからすぐ日は沈んじゃうよー」
「それもそうか。どこでやる？」
「恵ん家！」
　真奈ちゃんが待ってました！　とばかりに恵ちゃんの家を推してくる。
「あー、うん。恵の家がいちばん紗葉の病院にも近いしね」
「それに恵ん家は庭広いし！」
「うーん……まあ、いいけど」
　誠、徹くんも肯定すると、しぶしぶ？　のように許可を出す恵ちゃん。
　恵ちゃんのお家……ちょっと行ってみたいかも。

「はい、到着」
　それからお祭りからしばらく歩いて、薄黄色と白をベースとした、一軒家のすっごいかわいい家についた。
「ここが恵ちゃん家……??」
「そうだよ」
　笑ってそう教えてくれた真奈ちゃんに頷いて、恵ちゃん家をもう1回見る。
　やっぱキレイ……。
「恵、ライター持ってきてー。こっちロウソクとか準備しとくから」
「わかった。ちゃんと誠、奏多は見張っててよ!?」
「はいはい」

うわー、あれ絶対見張らねえわーとか言いつつ、家に入っていった恵ちゃんに、知らず知らずのうちに顔が綻んでる私も私だな、とか思う。
「てかほんと冬はすぐ暗くなるね」
「まあそんなもの。はい、紗葉ちゃん」
「あ、真奈ちゃんありがとう」
　手渡された花火は至って普通の手持ち花火。
　花火なんて、何年ぶりだろう……。
「わっ、超キレイー‼」
　恵ちゃんが持ってきてくれたライターでロウソクに火をつけると、みんな次々に花火に火をつけていく。
「紗葉、火つけられた？」
「あ、うん、もうつけるよっ」
　そう言って花火を火に近づける。
　火が花火にうつったとたん、黄色っぽいような緑っぽい光のようなものが飛び出す。
「紗葉ちゃんー！　見て見て、私、ピンク」
「私、何色だろ？　……緑？」
　何色？　って言われたら何色とも言えない色だけど……。
「キレイだね、でも」
「……うん」
　真奈ちゃんが夜空を見上げて呟くから、私もつられて上を見る。
　さすがに星座までは見えないけど、かすかな星の光は、見えるかなあ……。

「あ！　バカ！　奏多！」
「仕方ないでしょー!?　動く徹が悪い！」
「あーあ、花火もったいないねえ……」
「恵、おばさんくさい」
「なんだって奏多？　うん？　もっかい言ってみようか？」
　黒い笑みを浮かべると、奏多くんがブラック恵降臨！とか言って徹くんのうしろに隠れるから、真奈ちゃんと顔を合わせて私たちまで笑う。
　………時間が止まればいいのに。
　心の底からそう思った。

　それから、いろいろな花火をして。
　時間があっというまなくらい楽しかった。
　たぶん、私ずっと笑っていた気がする。
「やっぱ最後は線香花火でしょ」
「それな！」
　恵ちゃんに、即同意した真奈ちゃんがほいほいとみんなに線香花火を渡してくれた。
「……最後、か」
　……これで本当に最後。
「ねーえ！　誰がいちばん線香花火を長く保てるか勝負しない!?」
「出た。真奈、絶対に言うと思った」
「いいじゃん、誠もやるでしょ？」
「どうせ、強制じゃん」

「当たり前」
　なんて会話にその場にいたみんなが笑う。
「じゃあ公平にするため、全員同時に火つけてね！　……じゃ、いっくよーん！　スタート！」
　真奈ちゃんの言葉とともに光り輝く線香花火。
　……キレイだな。
「……線香花火って切ないよね」
「……え？」
　突然、左隣の徹くんがそんなことを言ってくる。
　……切ない？
　線香花火、が？
　切ない？
「切ないって言うか……儚い？」
「……どうして？」
「……なんでだろうね、こんな輝いてるのにすぐに落ちちゃうところかな？」
「……そうだね。儚い、かも」
　……短い命ってこと……だよね？
　たしかに儚い……かも。
「まあ、そんなすぐに終わっちゃうからこそ、こんなに輝いてるんだろうね」
「……終わっちゃうからこそ？」
「……そ。いつ終わるかわからない瀬戸際だからこそ、精一杯輝いてる」
「……」

「それがわかってるから、俺らもその輝きを目に焼きつけておこうって思うんじゃないかな」
　ニコッとほほえんでくれる徹くんに、笑い返すことができなかった。
　……強く、儚く、脆い。
　それでも輝く。
　たった少しのときを。
「……あ」
「あ、紗葉ちゃん負け？」
　私の線香花火は、誰よりも早く輝きを消した。

「じゃあね、紗葉ちゃん！」
「うん、わざわざ送ってくれてありがとね」
　みんなで花火を片づけて、解散となったんだけど……みんなが病院の入り口まで送ってくれた。
　スマホを見ると、19時だった。
　まだ面会時間内だから、病院は明るい。
「紗葉……今日楽しかった？」
　ふいに誠がそんなことを聞いてくる。
「うん。すっごく楽しかった！」
　すっごく楽しかった。
　夢みたいだった。
「ありがとね……すっごく楽しかった。……みんながいたから、すっごく楽しかったんだよ」
「え、ちょ、紗葉ちゃん？　何その改まった感じ」

冗談ぽく笑う恵ちゃんに笑い返す。
　ありがとう。
　みんなのおかげで救われた。
　みんなのおかげで楽しかった。
　みんなのおかげで生きたいって思えた。
　でも、もう……。
　お別れだね。
「……じゃあね。みんな。ありがとう」
　そう言って振り返らずに病院の中へ入っていく。
「……これでいいの」
　大丈夫。
　これでいい。
　涙、なんて流すな。
　悲しくなんてない。
　自分で決めたことなんだから。
「……っ」
　泣くな。
　泣くな。
　そう何回も思うのに。
　瞳が溢れ出る水を受け止めきれず、頬に涙が伝う。
「……早く、病室に戻らなきゃ」
　そう思って病室へ足を向かわせる。

「……あの子、じゃない？」
「……朝日奈さん！」

自分に言い聞かせながら歩いていると、名前を呼ばれて振り返る。
　視線の先には知らない女の子が３人。
　高校生くらい……？
「あんたでしょ。椎名くんたちの優しさを利用してるって女は」
「……は？」
　椎名くん……？
　誠のこと……？
「あの……誠のことだったら、もう関係ないんですけど……」
「はいはい。うざいー。関係ないフリしないでくれる？」
「"がん"だかなんだか知らないけど、高木くんとか北条くんとかも利用して？」
「そのあげく真奈ちゃんと恵ちゃんまでなんて、図々しいにもほどがあんだよっ！」
　徹くんに、奏多くん、真奈ちゃんと、恵ちゃん……。
　よく、話が見えないんだけど……。
「うっざ！　ぜってえわかってねえだろ」
「椎名くんたちが一緒にいてくれるのは優しさから。つうか同情かな？」
「あんたのこと好きなんじゃなくて同情。あっちだって迷惑してるの」
　同情……迷惑……？
「……勝手に話を進めないでよ」
「あの人たちの優しさと同情につけ込んでまでみんなの憧

れのあの華の５人組といたい？」
「残念ながらみんな人気者。あんたに構ってる暇はないの」
「迷惑考えろよ。みんな嫌々付き合ってんだっつーの」
　……それくらい、知っている。
　だからこそ、離れたじゃん。
「二度と近づくな。お前のせいで椎名くんを好きな女子が傷ついてんだよ」
「……もう会わないよ。……もう、近づかないよ」
　大丈夫だよ。
　あなたたちに言われなくても、そのつもりだから。
「……は？　なんで泣いてんの？」
「え、ちょ、ねえ、里衣奈、ヤバいんじゃない？　もう帰ろ」
　泣いてなんか……ない。
　目から水が溢れてくるだけ。
　パタパタと足音がして、嵐のように女の子たちが去っていった。

「何あれ……」
　呆然と呟く。
　何がしたかったのかな……。
　華の５人組……。
　あ、そういえば瑠奈ちゃんが教えてくれたな。
　頬にある涙を拭きながら自分の病室に入る。
「……もう嫌」
　こんなとこいたくない。

こんな病気、いらない。
こんな人生……望んでない。
溢れる涙は止まることを知らなくて。
「……っ。頭、痛い……」
とりあえずこの頭の奥に沈む痛みを抑えようと、カバンの中を漁る。
小さな白い2錠の薬が手の上に転がってきたのを確認して、口に含む。
これが、私の支え。
こんなちっぽけな物がなきゃ生きていけない自分が、惨めでどうしようもなくて。
溢れてくる涙も混乱した頭も。
……もう、どうでもいいや。

壊れかけた優しさ

　泣きながら眠った次の日は、やっぱり目がむくむ。
「……お母さん、私の目、むくんでない？」
「ありゃー、むくんでるねぇー」
「……はっきり言いすぎじゃない？」
「え、だって事実じゃん？　……お友達さんとケンカでもした？」
「……してない」
　恵ちゃんたちとケンカなんてしてないよ。
　……ケンカ、はね。
「紗葉？　今日検査の結果が出るんでしょ??」
「そうだよ」
　文化祭の前の検査の結果は私だけに伝えるもので、今回の検査は結果が親にまで伝えられる。
「……ほんと、憂鬱」
　お母さんの悲しい顔とか、もう見たくないのに。

「紗葉ちゃんもお母さんも、今日は来てくれてありがとうございます」
「いえいえ……検査の結果はどうですか？」
「……まあ、お母さん。長くなるのでおかけください。紗葉ちゃんもそこのイスに座ってね」
　橘田先生のいる部屋に入って、ふたつ並んでいたイスに

お母さんと私で座る。
「単刀直入に言いますね。紗葉さんの病態はかなり悪化しています」
「悪化……ですか」
「11月の検査の結果であと半年だと紗葉さんには伝えました。……紗葉ちゃんお母さんに話した？」
「………話してないです」
「伝えたときは半年。ですが、今はもう1月なので……残りの時間は3ヶ月です」
「……紗葉は、あと3ヶ月しか生きれないんですか？」
「我々も最善を尽くしますが……おそらく」
　お母さんの問いに申し訳なさそうに答える橘田先生。
　3ヶ月……。
　案外短いな……。
「紗葉は、もうよくならないんですか!?」
「紗葉さんの場合、異例なんです。……こんな症状がゆっくり進むのも珍しくて」
「治療法は……？」
「……抗がん剤治療以外は考えられないです」
『抗がん剤治療』
　その単語が聞こえて、今までうつむいていた顔が無意識に上がる。
　思い出すのは、ありえないくらいの吐き気。
　頭を硬い金属で殴られるような頭痛。
「抗がん剤、は……やりたくない、です。効果も……出な

かった」
　美由紀がいなくなって、どうでもいいやって気持ちで行った抗がん剤治療は想像以上に辛くて苦しかった。
「紗葉……でも」
「紗葉ちゃん。日々医療は進化してるんだ。紗葉ちゃんが抗がん剤治療をしたのは5年前なんだよ？」
　わかっている。
　今は昔よりもっともっと効果はあるんでしょ？
　でも、あの苦しさは変わってない。
　病院を散歩していると、抗がん剤治療を行っていて笑顔の人なんてひとりもいないんだから。
「抗がん剤治療をすればたしかに辛いし、辛い副作用もある。だけど残りの時間を増やせるから」
「……増やせるってどれくらい？」
「長くて5ヶ月、短くて1ヶ月ってところかな」
　結局、もう月の単位でしか表せないくらい私の人生って残り少ないってこと？
「……抗がん剤治療は受けません」
　ああ、もう。
　どうにでもなれ。
　こんな体、いらないから。

　診察室のような場所をお母さんと一緒に出る。
「……紗葉っ！」
「お母さんも、もう帰ったら？　結果は伝えてもらったん

だし」
　あのあと、結果の詳しいことやこれからの余命。
　いろいろどうでもいいことを、お母さんと橘田先生で話していた。
「ねえ、紗葉……抗がん剤治療やってみない？　もちろん辛いけど……それでも少し長く生きれるなら……」
「……嫌だ」
　うしろからお母さんの弱々しい声が聞こえるけど、そう返して病室へ歩を進める。
「でっ、でもっ、紗葉！　あと３ヶ月しかないなんて……お母さん嫌なの！　ねえ、紗葉？　お願いだから！」
「……嫌。あと３ヶ月とか言ってるけど、結局は長くても５ヶ月延びるだけなんでしょ？」
「そしたら８ヶ月になるじゃない……！　ねえ、紗葉？今からでも間に合うわよ。橘田先生のとこに……っ」
　橘田先生のいる部屋へ走り出そうとしたお母さんを、キッと睨む。
「余計なことしないで」
「でも……」
　すぐについた自分の病室のドアを開けて、中に入ると続けてお母さんも中に入ってくる。
「私の人生くらい私で決めさせて？　いつ終わらせるか、決めるのも私なんだから」
「……っ、バカなこと言わないで！　私が紗葉を産んだのよ!?　勝手に終わらせるなんて言わないで！　紗葉だけの

命じゃないのよ!?」
　絵に描いたようなことを言うお母さんに嘲笑うように笑ってみせる。
「じゃあ、誰との命だっていうの？　私が"がん"で死んだら同時にお母さんも"がん"で死ぬの？」
「……紗葉っ！」
「そういうのほんっとめんどくさいから。やめて？」
　笑っていた顔を一瞬で真顔に戻してベッドに座る。
　それから、お母さんのほうへ向き直った。
「ていうか、どうせだったらもっと健康な体に産んでよね？　感謝する気さえも起きないんですけど」
「……」
　黙って唇を噛みしめるお母さんに言葉を続ける。
「そしたらこんなに悩まなかった。苦しまなかった。今ごろ笑って生きてたんじゃない？　美由紀だって死なずに済んだよね。なのに今さら？　5ヶ月長く生きるために私にもっと苦しめって？　産んだのは私だから勝手に人生決めるなって？　はっ。冗談じゃない。だったら、私なんか産まないでよ。別に誰もこんな体に産んでくれなんて頼んでないけど」
　──パンッ！
　乾いた音が病室に響いて左頬に痛みが伝わる。
「……っ」
「ふざけないで……。ふざけないでよ、紗葉！　紗葉だけが苦しんでるんじゃないのよ!?」

お母さんの頬の涙を見れば、その言葉に嘘はないってわかるのに。
「……お母さんに私の苦しみはわからないよ。だって"がん"じゃないもの」
「……紗葉っ」
「私だって、こんな体に生まれてきたくて生まれたんじゃない……！　産んでほしくなんかなかった！　生まれたくなんかなかった！　こんな人生いらなかったよ!!!」
　もう、いいの。
　どうせあと3ヶ月じゃん。
　どれだけいろいろな人に嫌われても、もう別にいいや。
「どうして……っ、どうしてそんなこと言うの……」
「……お母さんのせいだね。こんな病気になる体に産んだから」
「……ねえ、紗葉。やめて？　自分の体を悪く言わないで！」
「どうして？　だって悪く言うしかない体なんだもん」
「紗葉の人生は、っ……そんな辛いことしかない人生じゃないでしょ？」
「辛さのほうが遥かに上まわってるよ。こんな人生ってわかってたらお母さんも産まなかったでしょ？」
　ふるふると横に首を振るお母さんに笑いかける。
「もういいよ。偽善者はこの世にいくらでもいるの。……お母さん、今日は本当に帰ったほうがいいよ」
「………また明日って言葉はやっぱりまだ嫌いなのね……」
　そうボソッと呟くお母さんに怒りが込み上げる。

「誰のせいで……っ」
「そうよね。お母さんのせいよ」
　慌てて涙を流しながら笑うお母さん。
「……なら、言ってあげるね？　またいつかね。お母さん。またいつかなんてあるかわかんないけど」
　そう言うと、ドアが閉まる瞬間に気まずそうな顔をしたお母さんが見えた。

　残されたひとりの病室。
「ごめんね……お母さん……」
　違う。あんなこと言いたかったんじゃない。
　こんな体なのも全部私のせい。
　それを全部お母さんのせいにしたよね。
　傷つけて。
　泣かせて。
　悲しい顔見たくないとか言って、結局私が悲しい顔させているじゃん。
「最低最悪だ……私」
　そのとき、スマホのランプがメール受信を知らせるためにチカチカと光り出す。
　そっと手を伸ばし開くと、真奈ちゃんからメールだった。

───────────────

　紗葉ちゃん、ごめんね。
　なんかこの間、紗葉ちゃんが遠くに行っちゃうような気

がしてメールしちゃった。
　明日、紗葉ちゃんのとこに、みんなで行こうと思うんだけど……大丈夫？

───────────────

　真奈ちゃんの優しさがぎゅっと詰まったメール。
　でも、ごめんね。
　今の私には……同情が詰め込まれたメールにしか思えないの。
　なんて思いながら返信機能を立ち上げる。

───────────────

　うん、大丈夫だよ。でも

───────────────

　そこまで打って、手を止める。
　……でも、の先どうしよ。
　しばらく悩んで作った一文のメールを送信した。
「……なんて、もう私のことなんてみんな嫌いか」

───────────────

　うん、大丈夫。
　でも、きっとみんな私のこと嫌いになるよ

───────────────

「紗葉ちゃんっ」
　あんなメールをしたのに、変わらず優しくほほえんで来てくれる真奈ちゃん。
　……やっぱり、来てくれると思った。
　だって真奈ちゃんたちは優しいから。
「みんな来てくれたんだねっ」
　できるだけ自然に。
　もう、会わないって告げるのなんて悟られないように。
　機械的に口角を上げて目を細めた。
「紗葉ちゃん２日ぶりなのになんか雰囲気違うなあ……」
「……髪切ったとか？」
　いきなりそんなことを徹くんと恵ちゃんが言い出すから少し慌てそうになる。
「ううん、切ってないよ、小学校からずっとロング」
　ニコッとほほえむと、徹くんたちは納得したようだけど、なぜか誠だけ視界の隅で眉間にシワを寄せていた。
「……紗葉、何かあった？」
「……別に。何もないよ？」
　シワを寄せたまま話しかけてくる誠の目は見ずに、いつもどおりの口調で答える。
　いっつも何かを見通しちゃうような、真っ直ぐな誠の瞳。
　……だから苦手。
「……そ」
　ごめんね、誠。
　私が弱いだけ。

私が弱いからみんなを傷つける。
「紗葉ちゃん、あのねっ、今度うちの学校で体育祭があって、そのＴシャツ……デザインできる？」
「体育祭……？」
　うん！　って頷いて説明しはじめる真奈ちゃん。
　どうやら、毎年クラスごとにＴシャツをデザインしてそれを作り体育祭に参加する、とのこと。
「メイド服、すっごくかわいかったから……ダメ、かな？」
「……作りたい、けど、ごめん。……もう絵は描けないの」
　ごめんね、本当に作りたい。
　でもね、もう夢なんて捨てたから。
「そっか……。なんか、ごめんね？」
「ううん、夢はもう私にいらないの。だからね、今日はみんなとお別れしようと思って」
　……まだ大丈夫なんじゃないか、と思った。
　急すぎるし、早すぎる。
　でも、このタイミングを逃したら私は確実に……またみんなに甘えちゃう。
「……お別れ？　ねえ紗葉ちゃん何を言ってるの？」
「ふふっ、恵ちゃんならわかるでしょ？　頭いいし。なんで不思議そうな顔するの？」
　みんなのためなら、どんな悪魔にでも、嫌われ役にでもなるよ。
　たった３ヶ月。
　その中でたとえみんなを傷つけたとしても、その傷が最

小限に収まるなら……私はなんだってするよ。
　みんなに憎まれても恨まれても。
「何、急に？　ねえ、紗葉ちゃん。どうしたの？」
「真奈ちゃんも。もういいよ？　めんどくさいでしょ？"がん"の私なんかといるの」
「……は？」
　真奈ちゃんも、恵ちゃんも、まったく理解できないって顔をしている。
　……ねえ、わかってよ。
「わかってないようだから言うけど、私はもうみんなには会いたくないの」
　お願いだから、私に優しくなんてしないでよ……。
「……紗葉っ！　やっぱ、なんかあったでしょ」
「……なんもない」
「でもっ、普段の紗葉ならそんなこと言うわけない！」
「……なんでもないってば」
「じゃあ、どうして……！」
「なんでもないって言ってるじゃん！　ただの気まぐれ!!」
　大声を張り上げて誠を睨むと、見開かれる澄んだ瞳。
「ねえ、みんな私の何がわかるって言うの？　"がん"の私をあなたたち健康な人が何がわかるって言うの？」
「……」
　ほらね、答えられないじゃん。
「ずっと苦しかった。辛かった。誠たちは美由紀に似てるね。……あなたたちと歩いてると自分が惨めでどうしよう

もないの!! とにかく、なんでもないよ。今までずっと無理していた。それはお互いさまでしょ？ だったらもうお互いそんなのやめようよ」
「無理なんてしてない！ それは勝手に紗葉ちゃんが決めつけてるだけじゃん！ 美由紀って子のことはよく知らないけど、私たちをその子に無理やり重ね合わせているだけじゃん！」
　初めて聞いた真奈ちゃんの大きな怒り声に、少しだけ目を細める。
　ねえ、わかってよ。わかってってば!!
「もう……嫌っ、なのっ。あなたたちといるのも、元気な人といるのもうんざり!!」
　真奈ちゃんたちといると、まだ生きたくなっちゃうから。
　ねえ、もうお願いだから……。
「これ以上、私を苦しめないで……」
　涙で頬を濡らしながらそう言えば、みんな黙り込む。
「いっつも、そう……。私のまわりには皮肉なのか輝いてて素敵な人ばっかり……。……むかつく。どんどん自分が嫌いになる」
「……ずっと、紗葉ちゃんは辛かった？ 私たちといて苦しかった？」
「……苦しかったよ、辛かった」
「っ……私たちは！ 紗葉ちゃんといられて楽しかったんだよ？ ねえ、答えて。私たちといてこれっぽっちも楽しくなかった？」

「……」
　真奈ちゃんのその問いには答えられなくて、唇を噛みしめてうつむく。
「……一昨日、紗葉ちゃん楽しかったって、ありがとうって言ってくれたよね？　信じているから。その言葉」
　声を震わせながらもそう伝えてくれる真奈ちゃんはどんな顔をしている？
　顔を上に向けて涙を堪えながら青空を見ている恵ちゃんはどんな言葉を探している？
　怒りが露わになっている奏多くんは、これからどんな行動を取る？
　戸惑いが隠せていない徹くんは、何から理解していく？
　……いまだに眉間にシワを寄せて澄んだ目を向けてくる誠は、いったい何を考えている？
「………楽しかったってどういう感覚か、もう忘れた」
　温かみも人間らしさもない声で言葉を発する私は、どれくらいこの自分の人生に絶望している？
「……ねえっ、紗葉ちゃん？」
「……何？」
「これで最後の質問だから。……紗葉ちゃんはさ……あたしたちのこと好き？　嫌い？」
「……恵っ、それはっ……」
　恵ちゃんが真奈ちゃんを手で制止する。
「ねえ、紗葉ちゃん答えて……？」
「……本当にこれが最後？　もう会わない？」

「そうだよ。最後」
　ニコッと笑う恵ちゃんに私も涙を止めようと無理やりにでも笑ってみせる。
「……好きか嫌いかは答えない。でも関わりたくない」
　そう言って私の唇が三日月を描く。
　真奈ちゃんや誠の悲しそうな顔が視界に入ったけど……気づかないフリ。
「……わかった。じゃあ、あたしたちも紗葉ちゃんとはもう関わらない」
「……うん、そうして。お互い無理するなんて、バカバカしくてやってらんない」
「……みんな行くよ」
　恵ちゃんがそう言うと、みんなが無言で歩き出す。
「あのメールはこういうこと？」
「……メール？　なんのこと？」
　去り際に、真奈ちゃんに例のメールの意味を聞かれたけど、とぼけておいた。
　だって、私の苦労が無駄になる……。

　ひとりの病室には重い静寂が流れて、私の嗚咽だけが響いていた。
「……っ、ありがとう。ごめん、っ、ね」
　恵ちゃんたちが出ていったドアを見つめながら呟く。
　涙で声が震えて上手く言えない。
　でも……みんなが大好きだった。

無邪気に笑って優しくしてくれるみんなが。
　"がん"の私を特別扱いせずに、楽しい思い出をたくさん作ってくれたみんなが。
　心の底から大好きだった。
　誠のこともずっと……好きだった。
「……っ」
　どうしてこんなに苦しい思いをしなきゃいけないの？
　"がん"ってだけで、余命３ヶ月の時点で辛いのにどうして？
　……ああ、そういう運命だったから？
「……消えてよっ……！　今すぐ、"がん"なんてっ、消えてよ！」
　ひとりで怒鳴っても返ってくるのは沈黙だけ。
　それでもこのイライラをどこかにぶつけたかった。
　幸い、前、誠がいた病室には今、誰もいないんだから。
「……こんな、人生っ、望んでない……」
　どれだけ努力したら、私は生きたい人生を歩めるの？
　どれだけ幸せを願ったら、私は幸せになれるの？
「お願いだから……っ、"がん"なんて消えて……っ」
　血を送る血管がある自分の手首を睨む。
　"がん"のくせに流れ続ける血さえも憎くて、その手首を額に当てながら私は泣き崩れた。

隠されていたモノ【真奈side】

『……好きか嫌いかは答えない。でも関わりたくない』
　恵の質問に涙を流しながらも、笑って答えた紗葉ちゃん。
　嘘だって、言ってほしかった。
　初めて見た、紗葉ちゃんの姿。
　初めて聞いた、紗葉ちゃんの言葉。
　……私たちはずっと紗葉ちゃんを苦しめていた？
　私たちだけが思い上がって楽しんでいたの？
「……ねえ、恵。あんなこと紗葉ちゃんが本当に思ってるなんてありえないと思う……。ねえ、ちゃんと紗葉ちゃんの話を聞いてあげよう……？」
　病院からみんなで帰る帰り道。
　誰も何も喋らなくて重い空気感の中、私だけが口を開く。
　……それでも、前を歩いている恵は答えてくれなくて、ただ必死に涙を拭っているだけだった。
「……ねえ、恵！　ちゃんと聞こうよ！　事情だってあると思うよ！」
「……うっさいなあ！」
　どうにか説得しようと恵にもう１回声をかけると、怒鳴るような大きな声を出されてビクッとする。
　振り返った恵を見て、私まで悲しくなった。
　……傷ついていた。
　ずっと幼なじみをやっているんだからわかる。

いつも冷静な恵が混乱するくらい傷ついていることくらい……わかるよ。
「紗葉ちゃんはあたしたちと関わりたくないって言ったんだよ!?　あたしたちが苦しめてたんだよ!?　じゃあ、どうしろっていうのよ！」
「恵……」
　泣きながら叫ぶように言う恵に、思わずみんなが立ち止まる。
　私たちのやりとりを黙って聞いていた誠が口を開いた。
「……紗葉はなんでもひとりで抱え込むから、なんかあったのかも、ね」
「うん……、私もそう思う」
　誠の考えに賛成なんて普段だったら嫌だけど、そんなこと言っている場合じゃない。
　私が誠への同意を見せて恵のほうを向くと、恵は唇を噛みしめながら眉を下げていた。
　……きっと恵も、紗葉ちゃんのことが嫌いになったわけじゃない。
　でも、仲間だと思っていたから。
　信頼していたから。
　許せなかった。辛かった。
　……そうでしょ？
「たぶん紗葉ちゃん、病気のことでなんかあったんだと、思う……。きっと紗葉ちゃんもどうしようもなく苦しくて、辛かったんだ。紗葉ちゃんが苦しんでるときに離れるな

んて嫌！……私は紗葉ちゃんを信じたい……！」
　今日の紗葉ちゃんだけを信じるんじゃなくて。
　今までの紗葉ちゃんを。
　私たちに笑ってくれた、楽しい思い出を一緒に作ってくれた紗葉ちゃんを。
「ねえ、みんなは……？」
　私がそう問いかけるとみんなうつむいた、と思ったら誠はすぐに顔を上げて、
「うん、俺も信じる」
　澄んだ声で言った。
　誠と目を合わせればいつもみたいにほほえんでいて、私も思わずほほえんだ。
「……僕は、わかんないよ」
　安心した途端、ぽつりと聞こえたのは奏多の呟き。
「今まで無理させてたなら、もうこれ以上一緒にいないほうがいい。もし今日のが本音で今まで嘘をついていたなら、……もう関わらないほうがいいんじゃないかな」
「……奏多っ！」
「もちろん今までの紗葉ちゃんを、信じていないわけじゃない。……でも、今はちょっと無理。頭が混乱してどれが正しいかなんて……わかんないよ」
　頭をかきながらそう続けた奏多。
「……俺も、どっちかって言ったら奏多の意見に同意。今はどうすればいいかなんてわかんない……。ちょっと冷静にならせてほしい」

奏多の意見に賛同したのは徹。
　ふたりの声を聞いて恵の顔が歪む。
「……あたしは、何を信じたらいいの……？」
　小さかったけど全員に聞こえた恵の言葉。
「……ごめっ、ちょっとあたし、帰るね」
　そう言って恵は帰ろうと足を進めるから、とりあえず家の方向が違う奏多と徹とはここで別れて、恵と私と誠で家へと帰る。
　……家につくまでの間、誰も何も話せなかった。

「あー！　もうどうしたらいいの！」
　家に帰るなり部屋へ直行し、ベッドにダイブ。
　紗葉ちゃんのことを責めるつもりはないけど……、『なんで』ってその疑問が頭の中を巡っていた。
「病気でなんかあったとしか考えられないんだよなー……」
　それだったらなおさら、私たちがそばにいてあげたい。
　どうにもならないかもしれないけど、ひとりで抱え込まないでほしい。
　私たちが信じなくてどうするの。
　誰が紗葉ちゃんを信じるの。
　紗葉ちゃんをひとりになんて……、絶対させない。
「あ……、そういえば、メール……」
　なんか手がかりになるかも、と思って前に紗葉ちゃんから送られてきたメールを開く。
「『でも、きっとみんな私のこと嫌いになるよ』か……」

メールの意味を聞いてもはぐらかされたし……なんでなんだろう……。
　まるでこうなることがわかっていたみたい……。
　……あれ？
　そんなとき、ふと思った考えが思わず口から出る。
「……嫌われたかった？」
　……そう思うと、なんとなくつじつまが合う。
　まるで今日の紗葉ちゃんは、嫌われるようにあえて言葉を選択しているようにも感じたから。
　でも、なんのために？
「わかんないよー!!　だいたい私は頭がよくないんだから！このやろ！　明日、誠と一緒に考えてやる!!」
　とりあえずベッドの脇にいた、クマのぬいぐるみに、わけのわからない宣言をしておく。
　……うん、明日、絶対に誠と一緒に考えよ。

「嫌われたかった？　紗葉が？」
「……そうとしか考えられないんだもん」
　翌日、学校で誠に相談してみると、案の定、誠は難しい顔をして首を傾げる。
　教室を見渡すと明らかに恵は上の空で、元気がないままぼんやりと席に座っているし、奏多も徹もふたりで少し話していても、いつもみたいに盛り上がっていない。
　……やっぱり、みんな紗葉ちゃんが心配みたい。
「……これは憶測だけど、紗葉が嫌われたかったなら俺ら

のためかもね」
「……え？　どうして？」
「嫌われれば、自分がいなくなってもみんなが傷つかないって思ったんじゃないかな」
　自分がいなくなってもみんなが傷つかない……か。
「……紗葉ちゃんなら考えそう」
「……ほんと、強がりだよね」
　かすかに苦笑いする誠に、「たしかに」と頷く。
　……わかった。
　紗葉ちゃんが隠した想いが……。
　紗葉ちゃんがあんな言葉を並べてまで隠したかったもの。
　そんなにしてまで、"生きたい"って想いを隠さなくてもいいのに……。
「誠、また紗葉ちゃんのとこに行かない？」
「うん、もちろん。あ……でも、明日以降のほうがいいかもしれない。……紗葉もまだ混乱してると思うから」
「……そうだね」
　そう言って誠にほほえむ。
　……ほんと、誠は紗葉ちゃんのことが大好きだよね。
　まあ、私だって大好きな気持ち負けないけど。
　……信じるよ。何があっても。
　だって、大好きな仲間だから。
　だから明日、どうか想いが届くように……そう願って紗葉ちゃんに１通のメールを送ることにした。

揺らぐ決意

恵には止められたんだけど、
誠と私でもっかい紗葉ちゃんのところ行くね！
迷惑かもしれないけど……

みんなと別れてから2日。
真奈ちゃんからメールが来た。
だらんと力なくスマホを持っている腕を倒して、開いた内容に思わず戸惑いとイラ立ちのため息が漏れる。
……もう会わないって思っていたのに。
「……青空」
ふと窓の外を見ると私の心とは真逆の、まるで嘲笑うような雲ひとつない青空が広がっていて。
そっと、病弱を表すような自分の白い手を空にかざした。
空を飛ぶ鳥はいつも楽しそう。
自由に飛んで、自分の翼を持っているのに。
……私にも自由が欲しい。
飛び立てる翼が欲しい。

『じゃあ飛び出しちゃえば？』
『自由になりたい、なんて願っても自由にはなれないわよ？

……願いを叶えたいなら自分で行動しなくちゃ。自由なんて自分で作るものなのよ?』

　そんな悪魔の囁きが脳内で響くほど、追い詰められている私って脆すぎ。

　少し苦笑いをしながら、右手に握られたスマホをそっと閉じて立ち上がる。

　……こんなとこに閉じ込められたくない。

　……あの人たちにももう、会いたくないんだ。

　……逃げよう。

　そう思ったらいつのまにか私の足は病室の外へと動いていった。

　薬も、コートも、何も持たずに。

　とりあえず無心でここから飛び出したかった。

「……あら、紗葉ちゃん。どうしたの?　お出かけ?」
「……お、ざきさん……」

　病院から出る1階の自動ドアの手前で、看護師さんに話しかけられた。

　小崎さんは私がこの病院に初めて来たときからずっとここで看護師をやっていて、私が橘田先生の次に顔見知りな人でもある。

「こんなに天気いいのにこれから雨降るみたいだから、傘は持っていったほうがいいわよ、って……紗葉ちゃん今日は外出許可なんて、出てないけど……」
「……っ、!」

こんなところで捕まったら意味なんてない……っ。
　私は走り出した。
「あ、待って！　紗葉ちゃん!?」
「ちょ、小崎さんどうしたんですか!?」
「紗葉ちゃんが逃げ出しちゃったの!!　早く……早く橘田先生に……っ!!」
　うしろで何か言っているけど、そんなの気にしている場合じゃない。
　小崎さんに捕まる前にと思って、必死に自動ドアをくぐり抜けて全力で走った。
「ああ……これ、完璧にお母さんにも電話が行くじゃん」
　走りながらそんなことを呟く。
　小崎さんにバレなきゃ、少しは連絡されるのも遅れたのになあ……。
　運よく、病院の目の前にある信号も青を示していて、スピードを落とすことなく走りきった。

「……痛っ」
　しばらく走って病院から離れたころ、ズキン、と心臓が痛んで1回立ち止まる。
　ドクドクといつもより強く大きく打つ心臓。
　息もあんまり吸えなくて動悸、だと気づく。
　でもそんなこと今は構っていられなくて、再び私は走り出した。
　目的地なんてないし、当てもない。

それなのに、ひたすらあの場所から逃げたかったんだ。
　あの場所から逃げたら、何かが変わるかもって……そんなありもしない期待が私の足を動かしたから。

「……ごほっ」
　5分くらい走り続けて、苦しさに咳き込んで立ち止まる。
　小3から運動とは無縁だった私に、5分以上走るのはさすがに限界。
　息苦しさから出る咳が止まらず、その場に座り込んだ。
「……はぁっ、あ」
　咳が止まっても、いまだに息は上手く吸えなくて、はっ、はっ、なんて過呼吸になりそうなくらい短く肩で息をする。
　うるさく鳴り響く心臓を皮膚の上から手を押さえつけて、世界を揺らすめまいには、見て見ぬフリをした。
「……木？」
　息は乱れたまま視線を上げると、いつのまにか大きな木があって。
　まわりは、いつのまにか土の地面の公園らしきところだった。
「……桜っ？　は、あ……」
　たぶんこの木は横に模様が入っているから桜の木、かななんて思う。
　……桜の花びらは1枚1枚は白いのに、集まると薄いピンク色になる。
　それはたくさんの花びらが集まったからこそできること

だ、ってお父さんが言っていたな。
　徐々に整ってきた息を確認して、立ち上がる。
「……桜の花びらは散っても、ほかに……たくさんの花びらがあって、また来年には違う花が咲く」
　……逆を言えば、たったひとかけら失っただけで美しさなんて変わらない。
　そのひとかけらは、私。
　……必要となんて、されてない。
「……あなたはいいね。長生きができて。ずっと健康で生きられて……」
　そっと目をつぶって、木の幹に触れる。
　今は冬だから、花もなくて少し寂しいけど、こんなにしっかりと立派に自分の足で立てている桜。
　私は……震える足で自分を支えるのが精一杯なのに。

「紗葉っ!!」
　そのとき、聞き慣れた澄んだ声がうしろから聞こえて振り返った。
　そこには、少しだけ息を切らしてこっちを見ている……誠がいた。
「病院に行ったら『紗葉がいなくなった』って大騒ぎでびっくりした。真奈も紗葉のお母さんも探してる。……ねえ紗葉、やっぱりこの前からなんかあったでしょ？」
「……なんもないよ………病院から逃げ出したのも意味なんてないの」

悲しそうに眉を下げる誠から目をそらして、いつのまにか厚い雲で覆われている空を見上げる。
「でも、目的は少しだけあったかも」
「……目的？」
「あそこから逃げれば何かが変わるかもって思った。病院から出れば何かが変わるって信じたかった」
　そっと幹に触れている手を下ろして、今にも泣き出しそうな灰色の空に手をかざす。
　いくら手を伸ばしたところであの厚い雲たちに届くわけないのに。
　……そんなのわかりきっていたことなのに。
「バカだよね……何かが変わるはずがないのに。私を支配してるのは病院なんかじゃなく、"がん"なのにね……」
「……紗葉っ……」
「……ねえ誠。私って生きていていい人間なのかな。私は生まれてきていい人間だったのかな」
　幼少期からずっと疑問だったことを口にすると、誠の顔は余計に悲しさを表す。
　澄んだ瞳はうつむいていて、見えないけれど、唇を噛みしめているように見えた。
「……最近、自分が自分でわからないの……！　あれだけ生きたかったはずなのに……あれだけ"がん"を恨んでいたのに……っ、『死にたい』なんて思うなんて……っ！」
　一瞬、大きな目を見開いた誠と目が合った。
　私の頬には、いつのまにか堪えきれなかった涙がボロボ

口溢れてきて……。
「……生きたいよっ！　まだ捨てきれない夢だって約束だってあるよ……！！　生きたいのに……それが叶わないなら……死んだほうがいいって思っちゃうの!!　……もう、自分がわかんない……っ。……死にたいっ、なんて思う自分が嫌っ……」

　うずくまって腕で顔を隠しながら泣き出す私に、段々近づいてくる足音。
　そっと大きな手が私の頭に触れた。
「……紗葉、前に俺が言った言葉、覚えてる？」
「……前？」
「『ずっと俺らがそばにいる』、『紗葉の生きたい人生を送ろう、できる限りのことはする』って」
「……覚えて、る……」
　美由紀の話をしたあとと、文化祭が終わったとき……。
　優しく笑って、誠が目線を合わせるためにしゃがむ。
「紗葉は、紗葉だよ？　ほかの誰でもない『朝日奈紗葉』。無理に変わろうとしなくていい。……死にたいって思うくらい紗葉は今の人生を一生懸命に生きてるじゃん」
「……でも、っ、こんな自分嫌いなのっ……恵ちゃんとか傷つけることしかできなくて……っ」
「恵だって奏多だって徹だって真奈だってみんな紗葉が好きで、みんなずっと心配してるんだよ？　恵なんてとくに上の空で」
「……私のことみんな嫌ったでしょ？」

「そんなわけないじゃん。みんな紗葉のこと大切に思ってる。まあ俺の場合もっと別だけどね？」

いたずらっ子みたいに笑う誠を、そっと涙のたまった目で見る。

私の頭に手があるせいか、誠と私の顔の距離が10cmくらいしかなくて、顔がどんどん熱くなっている気がした。
「……死にたいって思う私は、弱いでしょ？」
「俺はそうは思わないなあ……死にたいって思う人は本当は心の底で生きたいと思ってるんだよ。全力で今を生きてるんだよ。だからさ……紗葉も自分を否定しないで？」
「……うん」

静かに頷くと、満足そうに誠がとびっきりの笑顔を見せてくれた。

そんな誠を見ていたら、頭で考えるより先に、
「……っ、紗葉!?」
「……ごめん、少しだけでいいの、少しだけこのままでいさせて……」

いつのまにか誠の背中に腕をまわして、胸に顔を埋めていた。
「……ふは。紗葉、赤ちゃんみたい」
「……うるさい」

その間、ずっと誠は頭を撫でてくれた。

……すっごく安心して、妙に心地よかった。
「紗葉、眠い？」
「……ん」

……そのまま私は睡魔に従って目を閉じたら簡単に夢の世界に落ちていって、どうやって病院に戻ってきたのか、とかは全然覚えてない。

　目を開けたら、そこは私の病室で。
　お母さんが誰かと小声で電話しているところだった。
「……お母さん？」
「あっ！　紗葉ごめん！　起こしちゃった？　……あ、お父さん、紗葉が起きたから切るね」
　早口でそう言って電話を切るお母さん。
　電話の相手はお父さんだったんだ。
　ちょっと待って……。
　お父さんにまで連絡が行ったの……？
「もうっ、紗葉っ……心配したんだからね！　病院からなくなったって聞いたときはほんと心臓止まるかと思ったんだから!!」
「ご、ごめんなさい……」
　本当によく考えてなくて、ただ逃げたい一心だった……。
「……もう、誠くんがいたから助かったのよ？　誠くんが寝た紗葉をおんぶして連れてきてくれたんだから。感謝しなさいよ？」
「うん……って、え？　おんぶ？」
　そうよ、紗葉寝てたんだもん、とけろっと言うお母さんと対照的に、どんどん熱が顔に集まる私。
　おんぶってだけで恥ずかしいのに、それを見られていた

なんて……っ!!
「……ま、誠と真奈ちゃんは??」
「え、ああ、なんか橘田先生と話してたわよ？」
「そっか……」

　今さらになって、いろいろな人に迷惑をかけたことに罪悪感を感じる。

　目の前で呆れたような顔をしているお母さんは私のことを怒らないけど……やっぱり、この前のこともあってか、少し気まずい。
「あ、あのね、お母さん、っ、この前は、ごめんなさい……」
「え、ああ……いいのよ。全部お母さんのせいだから」
「違うの……全部私のせいで、私が悪いの……っ」
「んー、紗葉は何も悪くないわよー？」

　そんなことを言って優しく笑うお母さんに、首を振った。
　優しいお母さんに甘えてちゃダメなんだ。
「……あと３ヶ月って橘田先生に言われたとき、どうしようもなく怖かったの。死ぬのも、自分からみんなが離れていくのも」
「……離れる？」
「……たった３ヶ月の私なんて愛されないって思った。必要とされてないんじゃないかって。誰もそばにいなくなって、どんどん離れていくんだろうなって。……だったら、自分から愛されなくなればいいって思った。傷つけて自分から離れさせればいいって」

　そう言うと、お母さんは少し悲しそうな目を私に向けた。

……ごめんね、でもこれが本当の本音なの。
「どんなに寂しくてもたった3ヶ月なら我慢できるって。でも、無理だった。そんなことをしてからどんどん死にたいって思うようになっちゃった。そんな自分が嫌だったの」
「……死にたいって、紗葉……。そんなの聞いてないわ……」
「……言ってないもの。……自分が嫌でここから逃げたら少しでも何かが変わると思ったの。でも、何も変わらなかった。そんなときね、誠が言ってくれたんだ、『無理に変わろうとしなくていい』って。私、お母さんと同じように誠たちも傷つけたの……。それなのに、誠は私のそばにいてくれた」
　そっとほほえむと、悲しそうに瞳を揺らしているお母さんも同じようにほほえんでくれた。
「うれしかった。必要とされてないと思ってたのに。ただ単純に、うれしかった。自分で勝手に自問自答して落ち込んで相手のせいにして傷つけた自分がバカだったなって。……お母さん、ごめんね。今日も。この前も」
「……いいの。紗葉は精一杯考えてたじゃない。不安をひとりで抱え込んでいたじゃない……。気づいてあげられなくてごめんね。……ごめん、ね、紗葉……」
「ちょ、お母さん泣かないでよ……」
　寂しそうに笑いながら涙を拭うお母さんに自然と私も視界がぼやけはじめる。
「……紗葉、でもね、これだけは言わせてほしいの。この世に必要のない人なんていないの。必要があるからこそ生

まれてきたの。必要だからこそ、生きているの。必要じゃない人間だったらこの世界にはいられない……ひとりじゃ誰も生きていけない……。みんな必要とされて生まれてきたのよ」
「……私、生きていい人間、かな？」
「当たり前じゃないっ!! お母さんもお父さんも、誠くんや真奈ちゃんたちだって、みんな紗葉のことを必要としてるの……だから、ひとりだなんて思わないで……紗葉はひとりじゃない……」

抱きしめてくれるお母さんに、お母さんの言葉に、堪えきれず涙を一筋流す。

人の温かみってこんなにも幸せなんだ……。

……どうしてずっと気づけなかったの？
「……ごめっ、んなさい……」
「……もう謝罪はいらないわよ」

お母さんがほほえみながらゆっくり離れていくと、タイミングよく、部屋の扉がガラッと音を立てて開いた。
「紗葉ちゃん……」
「恵ちゃん……」

振り向いたら、あんなに傷つけたのに今でも大好きなみんながいて。

そんな中で、恵ちゃんがすごく悲しそうな目をしていた。
「……紗葉、"がん"だからって我慢なんてしなくていい、"がん"だからって理由で諦めなくていい。自分に素直になって。これは紗葉の人生なの。……自分が望んだように

生きていいのよ」
「……うん」
　そう私だけに聞こえるようにコソッと言って、『じゃあ私、ちょっと橘田先生のとこ行くね』なんて言いながら、病室からお母さんが出ていった。

「……紗葉ちゃんっ、あの、この前はごめん！」
「……全然っ!!　あの、私が悪かったの……。ごめん、なさい……」
　お母さんが出ていった瞬間に、頭を下げて謝る恵ちゃんに慌てて私も謝る。
　恵ちゃんは悪くないのに……。
「さっきね、お母さんにも言ったんだけど、あんなのただの私の八つ当たりなのっ……本当にごめんなさいっ……!!」
「……ううん、紗葉ちゃんはいっぱい悩んでいたんだと思う。誠から聞いた……っ、あたしもすっごい冷たい態度を取っちゃった……ごめん……」
「冷たい態度なんて……」
「取っちゃったの。あたしたちは紗葉ちゃんのこと、仲間だと思ってたのに紗葉ちゃんはそうは思ってなかったんだ、って思ったらなんか悲しくって。むしゃくしゃしちゃって。……ごめん、ごめんね……紗葉ちゃん……」
「そんなっ……私は全然いいのっ……みんなを傷つけちゃったから……。こっちこそごめんね……」
　泣きそうな恵ちゃんの目を見てそう言うと、余計に潤み

出す瞳。
　もうひとつ言わなきゃいけないことが、あるんだった。
「私ね、あのときの恵ちゃんの『あたしたちのこと好きか嫌いか』って質問にどうしても答えられなかった。それは……嘘でも、嫌いなんて言えなかったから……みんなのこと、私、大好きなのっ……。あと３ヶ月の命なんだけど、それでも、また友達になってほしい……またみんなで笑い合いたい……」
「……紗葉ちゃんっ……」
　真奈ちゃんの声にそっと顔を上げると、涙を浮かべながらみんなが笑ってくれていて。
「もちろんだしっ!!　喜んで紗葉ちゃんのそばにいるもん!!」
「真奈の言うとおりっ……ていうか、まず紗葉ちゃんに言われる前に、あたしたちが無理やりにでも来るつもりだったしね」
「まあそもそも、また友達になるも何も、今までも今もこれからも友達だし仲間じゃないの？　わかりきったこと言われても……。ねえ徹？」
「はい、キター、奏多の毒舌っ。まあそのとおりだけどね。紗葉ちゃんは俺らの仲間！」
　ひとりひとり、温かく声をかけてくれて自然と涙が溢れてくる。
「紗葉」
　優しい声に目を向ければ、眩しいくらいに輝いている誠がいて……。

「俺らね、みんな紗葉のこと大好きなんだよ。たぶん紗葉に負けないくらい」
　ほほえむ誠にみんなが頷く。
「……あ、りがと……っ」
「あー、もう紗葉ちゃん泣きすぎっー」
　……私、本当にみんなと出会えてよかったって心の底から思うよ。
「……あ、でも病院からいなくなるのはダメだよ。心配したんだからねっ!!」
「ご、ごめんなさい……」
　突然、真奈ちゃんが思い出したように、少し怒り口調で言い出す。
　真奈ちゃん、誠と一緒に病院に来たんだもんね……。
「そうよ、真奈から連絡来たとき本気で焦ったんだから。必死で探したんだからね」
「恵、『あたしのせいかも』ってすっごい心配してたんだよ。奏多とか徹とかも」
「……え？　恵ちゃんも奏多くんも徹くんも探して、くれたの……？」
　おそるおそる聞いてみると上下に動く顔。
　……すごい迷惑かけちゃったってこと？
「……ごめん」
「誠からちょっとだけ理由っていうか目的？　は聞いたよ」
「もうっ、紗葉ちゃんも私たちのことを頼ってよ!!　ひとりで抱え込まないでね！」

「うん……」
　怒り口調だった真奈ちゃんも、すっかりいつもの優しい口調になって。
　ああ、温かいなって、幸せだなって、実感する。
「あー、でも紗葉ちゃん無事で安心したー」
「ねーっ、結果オーライって感じ？　なのかな？」
　恵ちゃんが呟くとほほえみながらそう言う真奈ちゃんに静かに頷く。
　……みんなのおかげだよ。
　……私が私らしくいられる場所。
　チラッと誠を盗み見ると、偶然目が合っちゃって、優しく笑みを顔に浮かべてくれた。
　それだけなのにきゅっと胸が苦しくなる私は、単純だなって思う。
「……さっ、帰ろー！」
「は？　何を言ってんの徹。来たばっかじゃん。いいとこじゃん。バカなの？　ねえバカなの？」
「奏多の毒舌地味に俺に強くなってね!?　今さらだけどそのかわいい顔で毒舌とかギャップありすぎなんだよこの野郎!!」
「うるさっ、徹も奏多もうるさっ」
「真奈まで!?　え!?　真奈まで!?」
「……ていうかどうしていきなりもう帰るの？」
「3人目でやっと聞いてくれる恵が初めて天使に見えた」
「初めてとか張り倒すわよ、徹」

ニコッと笑う恵ちゃんに怯えるみんなにクスッと笑いがこぼれる。
　怯えながらも徹くんが『理由を話すから耳貸して』なんて言って恵ちゃんの耳に手をおいて内緒話をし出す。
　……なんだろ？
「あー、おっけおっけ。わかった。それは帰るべきだね。うん」
「でしょ？　俺、結構いいことしようとしてるよね？」
「うん、そうかもね。本人にとってどうなのかはわからないけど」
　そんな会話をし出すふたりに、わけがわからず首を傾げる。
　みんなもポカンとしていてあんまわかってない感じ。
「じゃあー、よし。真奈、奏多帰るわよ」
「え、待っ、俺は!?」
「誠は残りなさい」
「え、ずるいずるい誠だけなんでいるの!!　ずるい!!　私もまだいたい!!」
「真奈は帰るの。あとで説明してあげる」
　テキパキとそう言いながらカバンを持つ恵ちゃんに私は目をぱちくりさせるだけ。
　……え、なんで誠だけ？
「じゃあ、帰るね。紗葉ちゃん！　ゆっくりできなくてごめんね！」
「あ、うん、じゃあね……」
　そんなことを考えてたら恵ちゃんは早口で帰っちゃって

いて、徹くんと奏多くんも「じゃあね」なんて言って去っていく。
　真奈ちゃんも慌てて帰る準備をして、もうドアの目の前に立っていた。
「恵も奏多も徹も、帰るの早すぎ……いったい何を企んでるのよっ……」
「……もう、みんな帰っちゃうんだね……」
「ごめんね、紗葉ちゃん。……じゃあ、また明日ね」
　みんなに向かって、ひらひらと振っていた手が少しだけ止まる。
　その瞬間、しまったとでも言うようにそっと真奈ちゃんが口を押さえた。
「……うんっ、じゃあね、真奈ちゃん」
「う、うん。ごめんね、紗葉ちゃん」

　そっとドアが閉まり、ふたりになった病室はやけに静かで、少し気まずい。
「……誠？　あの、もしかして真奈ちゃんたちに、また明日って言葉が私が嫌いって言った？」
「………ごめん。言った」
　……だから、今まで1回も言われなかったし、さっきの真奈ちゃんの反応もああだったんだ。
「あ、ううん、別に事実だから全然大丈夫なんだけど……」
　気をつかわせちゃっていたかなって思うと、少し、ね。
「……また明日って言葉、私、好きじゃない」

「……うん」
　明日を考えるのが嫌い。
　明日生きているかさえもわからないのに、また明日なんて無責任な言葉が嫌い。
　美由紀と最後に話した、また明日って言葉が嫌い。
「……でもね、前よりは嫌いじゃない」
「……え?」
「前は何も楽しくなかった。毎日が。同じことの繰り返し。……病気にがんじがらめにされていて、何ひとつ幸せだなんて思わなかった」
「……紗葉」
「……だけど、誠たちと出会えてから毎日が楽しいの。誠たちのおかげで毎日が幸せなの」
　静かに笑うと、少し目を誠は見開くけど、すぐに優しくうれしそうに笑ってくれて。
「……私ね、誠に言いたいことがあるんだっ」
「……最初は憎らしかったの。私にはないものをたくさん持ってる誠が」
「……紗葉にないものを、俺が持ってるの?」
「ほら、自覚がない。……持ってるよ。たっくさん。だから、最初は嫌いだった。真奈ちゃんたちも誠も」
「そんなはっきり言う?」
　なんて少し笑いながらも私の話を聞いてくれる誠の澄んだ目に、そっと私も目線を合わせる。
「でも、みんなといるうちにそんなのどうでもよくなっ

ちゃったの。みんなといると病気なんか忘れて。みんながいる場所が、どんどん私にとって居場所になってた」
「うん」
「私ね……家族と美由紀以外に優しさをもらった記憶がなかった。好きって言ってもらった記憶がなかったの。もしかしたらもらってたのかもしれないけど……小3より小さかった私はあんまり記憶に残ってないの」

　……人の温かさなんて忘れていた。優しさも愛情も覚えていなかった。

　だからこそ人から自分が必要とされているのかいつも不安だった。

「そんな私はいつも不安しかなかった。……でもそんな毎日を変えたのは誰だと思う？」

　少しほほえみながら首を傾げると、同じように首を傾げられる。

「……誠だよ」
「……俺？」

　驚いています、なんて顔に書いてある誠にちょっと声を出して笑う。

　……そう、誠だよ。

　……自分に素直になって。……望んだように生きていいのよ。

　静かに、でもどこか凛としたお母さんの声が私の頭の中で再生される。

　……神様、私が素直になること今回だけ、許してくれま

せんか。
「……あのねっ……私ねっ」
　目の前にいる誠のコロコロ変わる表情の中にある澄んだ瞳は、何かを見透かすような純粋な目。
　………だけどそんな誠の瞳が大好きなんだ。
「私っ……誠のことが……っ」
　せっかく勇気を振り絞って口を開いたのに言葉を伝えられなかったのは……いつのまにか誠の人差し指が私の唇を制していたから。
「……はい、ダメー」
「ちょ、何してっ……」
「……ベタだけどさ……そっから先は俺に言わせて？」
「え……？」
　そっと指を離してニコッとほほえむ目の前の誠は、ものすごく近くて……。
　……10cmあるか、ないかかな。
　何これ恥ずかしい……。
　なんて思ってそっと視線を下に落とすと、『えー』なんて声が上から降ってきた。
「なんで下向いちゃうの？　ちゃんとこっち見てよ」
「え、ちょっと、待っ……」
　有無を言わさぬまま、人差し指と親指で優しく顎を掴んだ誠はそっと私の顔を上げる。
「……あのね、俺も前に言ったけど、今も紗葉が好きだよ」
「……っ！」

……私が先に言おうとしたのに……っ。
　　至近距離での告白は恥ずかしいのに、なぜか真剣で真っ直ぐな目からそらせなくて、魔法にかかっているんじゃないかな、とまで思った。
「俺じゃ頼りないかもしれないけど紗葉を守りたいんだ。……だから、そばにいてください……」
「……っ、バカ……っ」
「なんでバカなの？」
　　……ごまかしだよ、バカ。
　　溢れ出した涙を手で拭う。
「紗葉、最近泣いてばっか」
「……っ、誠が悪いんじゃんっ！」
「ふは、俺のせい？」
「……だって私、あと３ヶ月しかないんだよ？　15％しか生きられる可能性ないんだよ？」
「まだ、３ヶ月もあるじゃん。15％もあるじゃん。……だったらその15％に賭けよう？　０％じゃないじゃん」
「……でも、っ、たぶん私、来年にはっ……」
「……そんな言葉じゃなくて……返事が欲しい。ねえ、紗葉の返事は？」
　　……そんなのひとつに決まっているじゃん。
「私だって誠が好きっ……そばにいたいよ……っ」
　　震える声で伝えると、優しく笑ってくれる誠が目に入る。
「……こんな俺ですけど付き合ってください」
「も、ちろん……」

そう答えると、ふわりと抱きしめてくれる。
そんな誠の背中に腕をまわして、私も抱きしめ返した。
好きって言葉に好きって返ってくる。
好きって言葉に好きって返せる。
誰かが私を必要としてくれて、私もその人を必要とする。
たったそれだけのことだけど、そのたったそれだけがこんなにも幸せだって気づけたの。
それもこれも全部……誠のおかげだよ。

3章

小さな幸せ

「わかんないっ……わかんなすぎるっ……どうしてっ……誰か教えて……」
「あー、はいはい。真奈、座ろうね」
「数学なんて、撲滅しろおおおおおお!!」
「はいはい、数学が好きな人に謝ろうね」
「どうして私がこの問題をやらなくちゃいけないの！　私の天敵！　数学が好きな人にあげるよ!!」
「真奈の数学なんて全力で拒否して送り返すわ」
　　……勉強会、中。
　今日は、男子メンバーが委員会で遅くなるらしいので、先に真奈ちゃんと恵ちゃんのふたりが来てくれた。
　あの日から約２週間。
　真奈ちゃんたちの学校も冬休みが終わり学校もはじまって。
　前と変わったことは、誠と私が付き合ったこと……くらいかな。
「待って、わかんないギブ」
「まだ１問も解いてないっすよ。真奈姉さん」
「無理。先生鬼すぎて泣いたわ」
「冬休みの課題をやらなかったあんたが悪いんでしょうが、バカ」
　女子しかいないからガールズトークしよ！　って真奈

ちゃんが盛り上がっていたのもつかの間、恵ちゃんが『その前に課題やるよね？』って黒い笑顔で問いかけていたので急遽勉強会に変更。
「真奈のお世話役を任されたんだから、真奈がやらなかったら、あたしまで怒られるじゃない」
「それは恵が悪いっ……ひっ、はい、なんでもないです。そんな黒いオーラ出さないでください。はい、ごめんなさい」
　真奈ちゃん、助けてって目で見られても……。
「め、恵ちゃん、私も真奈ちゃんの勉強を手伝うよ……」
「え、あ、ほんと!?　助かった！　あたし、文系だからぶっちゃけ数学教えられないし」
「あ、でも私、授業とか受けてるわけじゃないから全然わかんないけどね……」
　自主学でやったくらいだし……。
「紗葉ちゃんんんんんんん!!　助かった!!　恵のハードさだったら私、干からびてた!!」
「いや全然……あっ、プリント見せてもらってもいい??」
　さっき真奈ちゃんが苦戦していたプリントを見せてもらって、わかる問題だけでも頭の中で解いていく。
「うーん……ごめん、10番だけわかんないや」
「そっかぁ……って、え？　ごめん、もう1回言ってくれない？」
「え、10番がわかんない……」
　あんぐりと口を開けたままの真奈ちゃんと、少し目を見

開く恵ちゃんに困惑する。
　え、なんで……そんなに簡単な問題だったのかな……。
「ちょ、はっ!?　だって、うちの学校とくに理数系に力入れててその理数系の応用がこれなんだよ!?」
「えっ、そうなんだ……」
「それなのに20問中1個しかわかんないのって、紗葉ちゃんすごいよ!!　何それすごいよ!!」
　なぜか興奮して早口で喋る真奈ちゃんの言葉をゆっくり理解する。
　自主学でやってきたことが役に立ったってこと……？
　なら、よかったけど……。
「うちの学校結構な進学校だから、余計にすごいわよ、紗葉ちゃん。こんなの解けるの誠くらいだよ？」
「誠はマジでおかしい。理数系の脳みそわかんない」
「まあ、誠は頭がいいからね？」
「恵だって頭いいじゃん」
「あたしは文系限定だけどね。理数系はまあ人並みに」
「何これ、イジメ？」
　真顔でボソッと呟いた真奈ちゃんに、私と恵ちゃんで吹き出す。
「ふたりしてひどい……っ、もういい、紗葉ちゃん数学教えてっ!!」
「説明とかしたことないから下手だけど大丈夫？」
「全然平気！」
　そう笑って言った真奈ちゃんに、そっと私もほほえみ返

した。

「ここを代入して……4をxとかけるんだけど……」
「……う、うん……」
「……大丈夫? ちょっと休憩にする?」
「うん! 1時間数学とか、そろそろ私が限界を迎えて倒れる!!」
「ふふっ、倒れるって……」
　でも、真奈ちゃんの言うとおり、もう1時間近く私と恵ちゃんで教えていたからなあ……。
　私の考え方の説明でわからなかったら恵ちゃんの考え方を説明してっていう感じ。
「でも、紗葉ちゃんすごいよ、真奈が理解してるんだもん」
「恵でも私に説明するの大変だもんね」
「真奈はどうしてうちの学校に入れたのか不思議」
「もっと上を狙えばよかったってことかしら??」
「……1回この前の定期テストの点数見返してこい」
　ううううわあああああって叫びながら崩れる真奈ちゃんに、ビクッと肩を震わす。
　そんなに悪かった……の……?
「あ、紗葉ちゃんが不思議そうにしてるから言うけどね、真奈ね、数学9点だから」
「はい、キター。恵、自分が82点だからってキター」
「恵ちゃん82点って私よりも全然すごいじゃん……」
「え、全然だよ? 誠なんて96とか言ってたよね?」

「ガチで今、誠の脳みそをコピーしたいって思った」
　アホかって頭を下敷きで軽く叩かれている真奈ちゃんと恵ちゃんを見てまた口元を緩める。
　……すごく小さなことなんだけど、こういう時間が幸せ。
「ねえ、今、休憩時間じゃん？　じゃんじゃん？　ってことはさ、ガールズトークしましょう‼」
「え、ガールズトーク……？」
「出たよ、真奈が大好きな恋バナ……」
「いいじゃーん！　ね、やるでしょ？　ね？」
　ずいっと近づいた真奈ちゃんは、断るなんてできないオーラを出していて。
　うしろに悪魔が見えました……。
「私は別にいいんだけど……」
　……断る理由もないし、ね。
「まあ、あたしも紗葉ちゃんがいいならいいけどね」
「やったー！　やろやろ‼」
　急に目が輝くって……そんなに恋バナ好きなのかな？
「じゃあね、まずぶっこむね、紗葉ちゃん誠とどうなった⁉」
　なんて思っていたらいきなりの宣言どおりのぶっこみ。
　突然まさかその質問が来るなんて思ってなかった……。
「……逆にどうなったと思う？」
「付き合ったと思う！」
　質問返しをしたら即答で返す真奈ちゃんに、一瞬焦った。
　は、早い……。
　と、同時に顔がどんどん熱くなっている。

「うん、ごめん、でも紗葉ちゃん、その反応わかりやすすぎだから」
「そうだね、図星だね」
「……っ」
　ふたりに返す言葉がなくてうつむく。
　なんか恥ずかしい……!!

「やっほー！　どーも！　トオルタカギの登場でーすっ！ってあれ」
「徹バカじゃないの？」
「……え、どうしたの紗葉？　顔が真っ赤」
　真奈ちゃんがずいっとまた近づいたと思った瞬間、ガラッと音を立てて開いたドアの先にはハイテンションの徹くんと毒づく奏多くん。
　それから少しほほえみながら、不思議そうに首を傾げる誠がいた。
「あああ!!　もうなんで入ってきちゃうの!!　男子ども!!　ガールズトーク中ですけど!!!」
「じゃあ、俺も女子になろっかな。うふっ」
「え、ねえ、徹どうしたの？　今すごいゾクッてした。背中。鳥肌立ったかもしれない」
「僕、知らなーい。ただたんに、真奈みたいに課題やってなくて先生に怒られて、数学の課題を5倍に増やされたからじゃない？」
「十分知ってるじゃないか、奏多さん」

うふっといまだに両手を顎に持っていってかわいいポーズをする徹くんを、真奈ちゃんがものすごく哀れんだ目で見る。
　真奈ちゃん、仲間だ、とか思ってそう……。
「徹、仲間だね!!」
「真奈、お前もか!!　やっぱり信じられるのは、お前だけだよ!!」
　……やっぱり。
　なんて思ってクスリと笑う。
　真奈ちゃんわかりやすすぎる……。
「ところで紗葉たち何してたの?」
「あ、勉強会してたの」
「そうそう、真奈が課題の応用の問題が終わってないって騒ぐから」
「だって私、理数系じゃないし!!」
「真奈は文系もあんまできないじゃない」
「ちょっと恵の言葉が事実すぎて胸が痛い」
　胸に手を当てて顔を歪ませる真奈ちゃん。
　……いったい真奈ちゃんは文系か、理数系、どっちなんだろう……??
「真奈は文系だよ。どっちかって言ったらって感じなんだけどね」
「……どうして私が疑問に思ってることわかったの?」
「ふは、だって紗葉わかりやすいんだもん」
　楽しそうに笑う誠に眉を寄せる。

……そんなに顔に出していたつもりはないんだけど。
「この中だったらあたしと真奈と奏多が文系で、誠と徹が理数系なのよね」
「文系コースまで奏多と一緒とかもう悲しみしかないでしょ？」
「僕も真奈と一緒って聞いたときはどうやって理数系に移動しようか迷ったけど」
「結局、理数系の脳みそがなかったくせにー!!」
「お前に言われたくないし」
「……ごもっともです」
「紗葉ちゃんは文系と理数系どっちなの？」
　そんなふたりの会話をキレイに流して話しかけてくる恵ちゃんに私も視線を合わせる。
「あんまわかんないかな……？」
　文系か、理数系か……。
　あんまり考えたことなかったかも……。
「そうなの？　さっきの数学のプリントの応用、20問中19問わかってたからてっきり理数系かと……」
「うーん……でもたしかに理数系かもしれない……かな？」
　……自主学とかでやっていても文系教科よりも理数系のほうが早く理解できていた気が、する。
「なぬ!?　紗葉ちゃんも理数系だと!?」
「うん、真奈うるさい」
「うるさいのはバカ奏多だよ!!」
「僕の名前をバカと合わせないでくれる!?」

「頭文字が、『か』の人の特権だよ!!」
「そんな特権いらないわっ!!」
　そんなやりとりに自然とみんなが笑って、私も笑う。
　……こういう時間が好き。
　何気なく過ごしているこの時間が、幸せで。
　ああ、今私は生きているんだって……感じる。
「数学9点ってどうやってうちの高校入ったの?」
「入試のときは徹底的に誠と恵に教えてもらったのーっ!!」
「あー、あの、真奈の理解の遅さに気が遠くなったやつね」
「あのときは俺が理数系を教えて、恵が文系を教えててっていう感じで大変だったよねー……」
　奏多くんの質問に答える誠たちに少しだけ首を傾げる。
　少し違和感っていうか……。
「……あれ、奏多くんと真奈ちゃんたちって中学違うの?」
「うん、違うよ?　高校に入って同じクラスで初めて知り合った」
「僕と同じ中学なのは徹だけ、かな」
「そう……なんだ……」
　真奈ちゃんと恵ちゃんと誠が幼なじみってことは知っていたけど、奏多くんたちともすごい仲いいからてっきり中学とかで一緒なんだと思っていた……。
「最初は奏多、真奈たちのことほんと軽蔑の目で見てたんだよ」
「え、何それ初耳だし!!」
「だってギャーギャーうるさかったし?　本気で僕とは絶

対に合わないと思ってた」
　さらっと答える奏多くんに真奈ちゃんが青ざめ出す。
「奏多そんなこと思っていたのね……」
「まあ、でも喋るにつれていいところ知れたし？　……前に思ってたことは撤回しようかなって」
「でもギャーギャー言ってた主な犯人は真奈だけどね」
　笑って答える恵ちゃんを見て、そっと頷く。
　……うん、なんか想像できる。
「これも奏多なりの優しさだよ。だって奏多って心の底から信用した人にしか心を開かないんだよ？」
「……深く狭くが僕流だから」
「もちろん、その中に紗葉ちゃんも入ってるよ」
　徹くんがいきなり明るくそんなことを言ってくるからびっくりした。
　え……私のこともちゃんと信用してくれているってこと、なのかな？
「当たり前でしょ。紗葉ちゃんいい子だし。それに誠が認めた人だから。もう付き合ったんでしょふたりとも」
「え!?　な、え、どうして……」
「あ、図星」
「あ、そうだったんだよ!!　その話まだ途中だったじゃん!!」
　一定のトーンで結構な大胆発言をした奏多くんに慌てていれば、テンションが上がっている真奈ちゃんが「詳しく聞かせて！」なんて言い出す。
「ちょ、落ちついて……」

「経緯！　経緯教えてよ！」
「え、誠……」
　助けを求めて誠を見れば楽しそうに笑っていて。
　……まあいっか。
　気づけば私も笑っていた。

　その次の日。
　今日はみんな委員会とか部活で忙しいらしいから、誠だけ来てくれることになった。
「……ねえ、誠の夢ってなんなの？」
「俺の夢？」
「だってなんか私はデザイナーって夢があるけど、誠はそういう話したことないじゃん」
「ふは、そういえばそうかも」
　そりゃあ私もいきなり何言っているのって感じだけど、だってなんか知りたいんだもん……。
「俺の夢はねー……そうだなー……医者、かな」
「医者……？　医者って橘田先生みたいな？」
「そうそう。……病院で、命を助けたいんだ」
「……いつから医者になりたかったの？」
「うーん、紗葉と出会う前からほんやりとは思ってたんだよね。でも紗葉に会ってはっきり決まった感じ」
　そんな言葉に、相槌を打つ。
　医者……ね。
「………お医者さんってね、大変だと思うんだ。だって私

みたいな病気の子も、自分の世界に心ごと閉じこもっちゃう子もいるし」
「うん……そうかもね」
「……でも、私、誠なら大丈夫だと思う。誠は人の心を温かくしてくれる優しさがあるから。……それってひとつの才能だよ」
「……ふは、ありがとう……」
　目尻を下げてほほえむ誠に私もそっと口元を緩める。
　……応援するよ、誠の夢。
「でも紗葉も夢を諦めてないみたいで、なんかちょっとうれしいかも」
「……なんで誠がうれしいの？」
「だって紗葉の夢、俺らも応援してるしね」
「ふふ、ありがと。……まあ、ぶっちゃけ諦めようと思ってたんだけどね。叶わないならどうにでもなれって」
　叶わない夢なら見ないほうがいい。諦めたほうがいい。
　……私は夢なんて見ちゃいけない。
　ずっとそう思っていた。でも……違うなって思った。
「叶わなくても諦めちゃダメなんだって。たとえ叶わなくても諦めずに追い続けることって、すごく価値のあることだな……って」
　そっと窓の空を見上げてそう呟く。
　……空や雲には手が届かなくても、手を伸ばし続けることを諦めたら届くものも届かないじゃん。
「だからね、私も最後の最後まで諦めたくないんだっ」

笑って明るく言って、誠のいるほうへ振り向いたのもつかの間……突然、唇に何かが重なった。
「……っ、え……」
　一瞬の出来事だったけど、ときが止まったように感じる。
　……音も思考も流れが停止して、声が上手く出ない。
　鼻と鼻が当たりそうな距離からゆっくり離れていく誠に、そっと少しずつ理解していく。
　それとともに熱くなっていく顔を、ぎこちない動きをする両手で隠した。
「……顔、真っ赤」
「だって誠がいきなり……っ！」
「いきなり、何？」
「っ、キス、なんてするからっ!!」
　あはは、と笑う誠は本当に予測不能だと思う。
　だって今、全然そんな話じゃなかったのに!!
　でも、まったく嫌じゃないから……お互いさま？
「どうして、今なの!?」
「え、なんかしたくなったから？」
　何それ、なんて思って手を顔から外すけど、楽しそうな姿が目に入るから、もう何も言い返せなくなった。
「……誠だって少し赤いじゃん」
「紗葉よりは赤くないもん」
　伸びてきたキレイな手が私の頬を撫でる。
　それだけで心臓が飛び跳ねて、ドキドキし出しちゃう私は本当にどれだけ誠のことが好きなのかな。

「……好き」
「ん、俺も好き」
 ニカッと笑う誠にまた、胸が跳ねた。
 ……ずっと恋なんてしちゃいけないと思っていたの。
 ずっと生きちゃいけない存在なんだと思っていたの。
 ありがとう……私を必要としてくれて。
 ありがとう……私を好きだって言ってくれて。
 ……だから私も、このときを精一杯生きようと思えたんだよ。

 あれからまた数週間がたち……。
「うん、さあ課題を拾おう」
「ひどい！ 恵ってばひどい!! 課題なんて溶けてなくなればいいのにっ!!」
「真奈ちゃんまだ課題終わってなかったんだ……ね」
 あれから数週間がたつのに……。
「真奈、冬休み中プリント1枚しかやってないなんてアホでしょ」
「奏多うっさい!! 徹だって終わってなかったもん!!」
「俺はつい先週終わらせましたー、えへん」
「いやいや、冬休み中に終わらせるべきだし」
「なんか誠が正論を言っている気がするけど、まったく聞こえない場合はどうしたらいい??」
 相変わらず賑やかだなって思う。
 ……まあ、でもそれが楽しいし、心地いいんだけど。

「ねえ、紗葉ちゃん、今日ね学校でね……っ」
　——ドクンッ。
　みんなの会話を笑いながら聞いていたら、突然心臓が嫌な音を響かせる。
　振り返った真奈ちゃんに何も言い返すことはできなくて、そっと胸の上に手を重ねる。
　徐々に鼓動が速くなっていく。
　脳がまわり出している気がする。
　ああ、いつもの症状だ。
　……動悸とめまい。
「紗葉ちゃん？　大丈夫？　……顔色が悪い、よ??　ナースコール押す？」
「……だ、いじょ、うぶ。ちょっと、橘田先生のところ、行って、くるね」
　大丈夫、このくらいなら。
　軽いほうだ、大丈夫、と言い聞かせながら、そっとベッドから足を下ろす。
　……その瞬間、何かが垂れた。
　垂れた少しの雫は、紅。
「……紗葉ちゃんっ！　血っ!!」
　たらり、と何かが口を伝う感覚。
　それを隠すように、勢いよく両手で鼻と口を押さえた。
　……こんなの、初めてだった。
　押さえても溢れ出す血は止まらなくて、手と手の隙間から流れ落ちる。

今までのとは比べものにならないくらいの動悸。
息はしているはずなのに、なんだか苦しい。
見ている世界がメリーゴーランドのようにまわり出した。
いつか見たように、徹くんが必死にナースコールを押す。
まわりのみんなは、焦った顔をしていた。
足に力が入らなくなって、おそるおそる膝をつく。
鼻出血。橘田先生から教えてもらったことがある。
末期の"がん"の症状だ、って。
今度こそ本当に私死んじゃうかもしれない……ね。
やだよ。まだみんなに何も言えてないんだよ。
まだやりたいこといっぱいあるんだよ。
……まだ生きたい、の、に……。

「紗葉っ……!!」

　霞んだ意識の中で呼ばれた名前も、そのあとに発せられた言葉もなんて言っていたのか、誰が言ったのかさえもわからなくて。

　私は床に倒れ込んで、意識を失った。

タイムリミット【誠side】

　紗葉につながれた機械が痛々しくて、そっと目をそらす。
　３時間前くらいに倒れた紗葉は、慌ただしくどこかに運ばれていった。
　そして、もう安心だから、といつもの病室に戻ってきた紗葉は人工呼吸器をつけられていたり、たくさんの機械に囲まれていた。
　……何がもう安心なんだろう？
　人工呼吸器がついている時点で全然安心じゃないだろ。
　ピッ、ピッ、と定期的に音を叩き出す機械が紗葉の命を確認しているだけなのに。
　……いまだに、紗葉の意識は戻ってない。
「……情けなさすぎるじゃん、俺」
　あのとき、紗葉のすぐそばにいたのに。
　……紗葉を守るって言ったのに。
　これっぽちも、守れてない。
「誠は、情けなくなんて、ないよっ」
「……ううん、真奈、情けないんだ。紗葉を、守れなくて」
「紗葉ちゃんはそんなこと思ってないよ……だから泣かないで？」
「泣いてなんか……」
『いないのに』、そう言おうとして止めたのは、左頬に何かが滑り落ちたから。

それは右頬も同じで。
「何これ……」
「泣いてるじゃん、誠。辛いじゃん、苦しいじゃん。……吐き出しなよ、今ぐらいは」
　よくまわりを見れば、うつむいている奏多も徹も、呆然としている恵も、目の前の真奈も……泣いていた。
「……紗葉、死ぬんじゃないかと思った。本当に心配で、不安でっ……。本気で紗葉を守りたいって思ってるのに、っ……‼　どうしたらいいかわかんなくてっ……何もできなかったっ！」
「……うん」
「管だらけの紗葉を見て、紗葉がいなくなるのがこんなに怖いんだって改めて思ったとき、自分が憎くて。今さら、なんてバカじゃんって……」
「……バカだね。誠らしくない。……あんただけじゃないよ。そう思ってるのは」
「え……？」
「私らもそうだよ。紗葉ちゃんがいなくなるのが怖かった。今だって不安だよ。管だらけで本当に紗葉ちゃんが生きてるのか、って。でも……信じるしかないじゃん。紗葉ちゃんが生きてるって信じるしか、私はできないんだよ」
「……でも」
「私も紗葉ちゃんが倒れたとき、何もできなかった。後悔してる。……でも自分を責めるのと、紗葉ちゃんの回復を祈るのって違うじゃん。だから、私は今、紗葉ちゃんが目

を開けてくれるのを待ってるの。悔やむのも責めるのもそのあとだよ」
「……」
「紗葉ちゃんがいなくなるのは、私だってすっごい不安。頭ではわかってるつもりでも心がついていけない。だってそうでしょ？　紗葉ちゃん、普段は元気でいっつも笑顔でいてくれたんだから」
　真奈の涙声で伝えてくる言葉に静かに頷く。
「……元気な人が死ぬなんて考えられないんだよ。もし、なんて思わないから。自分のすぐそばにいる人が死んじゃうなんてみんな思ってないんだよ」
　うつむいた真奈の雫は瞬きによって暗い床へと吸い込まれる。
「みんな、遅いんだよ。それじゃ。いなくなってからじゃ。紗葉ちゃんを失ってからやっと大切さに気づいても遅いんだよ!!　……だから、自分なんて責めてる暇があったら祈ってよ、紗葉ちゃんが起きるようにって。……祈ってよ」
　ずるり、と座り込む真奈に、「ごめん」と呟く。
　そうだね、真奈の言うとおり。
　バカだよ、俺。
　自分を責めることよりも悔やむことよりももっと大事なことがあったのに。
　……紗葉、みんなそばにいるよ。
　だから、お願い、目を開けてくれ……！

生きたい

「……ん、紗葉!?」
「ん、あれ……みんなも、ごめん……私、倒れた、よね？」
「……うん、倒れたかも」
「なんかごめん。前も今も、迷惑、かけて……」
「全然。迷惑じゃない」

　ぼんやりした頭で人工呼吸器をつけたまま、そっと首を動かす。

　デジタル時計は6:12を表示していて、みんながいつのまにか病室で寝ていた。

　前にもこんなことあったな、とか思う。

「……誠、泣いてる？」
「泣いてないし」
「泣いてるじゃん」

　そう言って切なげに笑うと、誠も眉を少し下げてほほえんだ。

「ナースコールしとくね」
「……うん、ありがと」
「真奈たち起こす？」
「ううん、私のせいだからいいよ」
「紗葉のせいなんかじゃ、ないのに」
「ありがと。……でもね、たぶん私、本当にもう長くないと思う」

……絶対にそうだと思っていた。あと２ヶ月近い私の命は、本当にタイムリミットを迎えているって。
　わかっていた。……わかっていたはず、なのにね。
「……うん」
「……ごめんね。誠。ごめんねっ……ごめんっ……」
「どうして、紗葉が謝るんだよ。……っ」
　私がそっと涙をこぼせば、もともと涙目だった誠の声も震え出す。
「生きたい……っ、私、生きたいよっ……」
　どうしてよ。神様。
　こんなにも、生きたいんです。
　好きな人だっている。信頼できるみんながいる。
　これからやりたいことだっていっぱいある。
　夢だって諦めたくないって思っている。
　……この運命を受け入れたくないんです。
　生きたい。
　……まだ私は生きたいの。
「助けてっ……誰か助けてよっ……!!」
　もう誰でもいいから。
　助けてほしかった。
　命が欲しかった。
　健康な体に生まれたかった。
「誠……ごめんねっ……」
　繰り返し目の前の誠に謝る。
　ごめんね、私が"がん"だから。

ごめんね、ごめんね。
　私が誠のことを好きになってごめんね。
「紗葉……っ、俺は紗葉を好きになれて幸せだよ？」
「……でもっ、誠ならもっと素敵な人がいたのに……っ!!」
　言葉の途中で、優しく抱きしめてくれる誠にまた愛おしさが込み上げる。
「……紗葉もひとりで苦しいんだよ。俺すっごい不安だったの。昨日。紗葉がいなくなりそうで。紗葉だけが怖いんじゃない。俺だって紗葉がいなくなるのが怖いよ」
「………私、あのまま、死んじゃうんじゃないか、って、怖かった。その瞬間、まだ生きたいって強く思ったっ……だから余計に怖いのっ……死ぬのが余計に、怖いの」
「……大丈夫だよ、大丈夫。紗葉はっ、ひとりじゃないんだよっ」
　大きな手が私の頭を包み込んでゆっくり撫でてくれる。
　温かくて安心する大好きな手。
　ああ、私、今、生きている。

「……ん、誠、もう起きたの……？」
「……恵、紗葉、起きたよ」
「本当!?」
　誠がそう言った途端、目を見開いた恵ちゃんと目が合う。
「ごめんっ、たぶんあたし、目すごいむくんでる」
「……私のせいだよ」
「違うよ。私が自分でっ、泣いたのっ。……本当、紗葉ちゃ

んが無事でよかった」
「恵ちゃん、ごめんねっ……」
「謝んないでよ。よかったって言ってるんだから」
　いつもみたいに優しく笑ってくれる恵ちゃんは本当にお姉さんみたい。
「ありがとう、ありがとうね、恵ちゃん……」
「……やめてよっ。これ以上泣いたらあたし目がむくみすぎて外歩けなくなるじゃんっ」
　そう言うけど、少しうれしそうで私も少しうれしくなる。
　お互い起きたばっかなのに、ボロボロ涙をこぼしていた。
「恵ちゃん、泣かせちゃったでしょう？　不安にさせちゃったでしょう？　……だから、ごめんっ。でも、またあるかもしれないっ……」
「……大丈夫だよっ、あたしはちゃんとここにいるから。紗葉ちゃんのことちゃんと受け止めるから」
「……っ、ありがとう……」
　それから次々に真奈ちゃんや奏多くん、徹くんが起きて、それぞれひとりずつごめんね、とありがとうって伝えた。
　……みんな誠や恵ちゃんと同じように温かく受け入れてくれる。
　本当、優しすぎるよ、みんな……。
「私っ、ずっと普通の人生が生きたかったの……っ、病気なんかなくて。友達がいて、毎日楽しくて……」
　文化祭のときに言ったような人生がずっとずっと過ごしたかった、と願っていた。

「病気をなくすとかは無理だけど……みんなといるのすごい楽しいのっ、みんなと一緒に過ごすのが私が今、いちばん望んでる人生なの……っ、だから、あと２ヶ月。私が生きたい人生を送るの手伝ってくれませんか……??」

　誠はあのとき、協力するって言ってくれたけど……今はどうかわからないし、みんなもなんて言うのかな……。
「たぶん、これからも傷つけちゃうし……不安にもさせると思う……自分勝手なのは十分承知。でも、それでも、みんなといたい……っ」
　必死で訴えてぎゅっと目をつぶる。
　誰も何も音を出さないから、聞こえるのは、少しの嗚咽と、病室の外から聞こえる今日も忙しない足音だけだった。
　ダメ、かな……やっぱり……。
　そう思ってゆっくり目を開けると、
「紗葉、目、開けて」
　誠の優しい声が静かな病室に、こだました。
　言われたとおり、少しためらいながら目を開けると、みんなほほえんでくれていた。
「紗葉ちゃんって心配性？　……何回も言ってるじゃん。私たち紗葉ちゃんが大好きだって」
「そうそう、手伝うなんて言わないでよ。あたしたちだって紗葉ちゃんと一緒にいたいんだから」
「恵の言うとおり、手伝うって表現がまず違うよねーっ。俺に人生って言葉は莫大すぎてあんまピンとこないけど、俺らだって紗葉ちゃんと一緒に人生過ごしたいんだよ」

「徹が珍しくいいこと言うじゃん」
「奏多ひどい！！！」
「ふは、まあ僕たちだって紗葉ちゃんといるの楽しいんだよ。自分勝手なんかじゃないし。そんなんで僕たちが離れてくなんて勝手に思ってるところが、強いて言えばいちばん自分勝手でしょ」
「……こんなときでさえ毒舌な奏多くんです」
「……誠だって、そう思ったくせに」
「ふは、まあね。言ったじゃん。俺らみんな紗葉が大好きだって。みんな紗葉のことちゃんと受け入れてるんだよ。紗葉は仲間のひとりだからねー」

　笑いながらそう言うみんなにまた涙がどんどん落ちてくる。
「わーっ、紗葉ちゃ、っ、泣きすぎっ……！！」
「そういう真奈だってすごい泣いてるじゃない」
「いやいや、恵も人のこと言えないじゃんっ」
「……真奈、なんか言った？」
「イエ、ナニモ」

　恵ちゃんがティッシュを渡してくれながらそんな会話をしてるから思わず笑ってしまう。
「ありがとうっ……みんな」
「全然、っ、こちらこそ紗葉ちゃんっ、ありがとう……」

　……真奈ちゃん、もうティッシュが濡れてヨレヨレになっているよ。

　私も、だけど。

「紗葉ちゃんっ、紗葉ちゃんっ」
　私の名前を呼んでくれるみんなに笑顔を見せる。
「みんな、大好きっ……!!」
「え、何!?　照れるっ！　私も好きっ!!　誠になんか負けない!!」
「真奈、俺と勝負するの？　いいよ？　まず定期テストの結果からでいい??」
「ごめんなさいすみませんでした誠さま」
「ぶふっ、真奈弱すぎっ……!!」
「うっさい！　奏多ハゲ!!」
「ハゲてないわ!!」
　またはじまった言い合いはもはや恒例になっているからか、みんな気にしなくなっている。
　今日もふたりとも賑やか……ですね。
　徐々に緩んでいる口元に気づいて、そっと目を細める。
「ねー、紗葉ちゃん、あたし、告白されたー」
「え、恵、待っ、誰に!?」
「なんで徹、そんなに慌ててるの？」
　え、徹くんって恵ちゃんのこと……え？
　あちゃーって顔をする奏多くんに新たな事実だってことを確信した。
　……なんか、これから楽しみ。
　……私にとって、みんながいるだけで明日だって楽しみになるんだよ。

「紗葉ー？　何を描いてるの？」
「……服のデザイン？」
「ふは、なんで疑問形？」
　いや、だって服のデザインって堂々と言えるほど私、才能ないし……。
「どうしてそんなに隠して描くの？」
「え……うーん、秘密」
「ふは、何それ」
　私の絵は本やら何やらで隠していて、今、出ているのは白色のサンダルだけ。
　……よし、完成。
　サンダルが理想どおりにできて安堵の笑みがこぼれる。
　……あのときからずっといつもみたいに、みんなが毎日欠かさず来てくれて。
　……今はもう３月になっちゃったんだけどね。
　私に残されているのは、あと１ヶ月もない。
「みんながいるときは描くのやめようと思ってたんだけど、あと少しで完成だったからどうしても描きたくって」
「……急いでるの？」
「うん、急がなきゃ」
　５着描くのって案外時間がかかるから……急がなくちゃもう間に合わない。
　デザインするだけで大変だったからなあ……。
　今日は土曜日で、みんなが来てくれたんだけど、今はジュースを買いにいきたいってことで、誠以外がロビーに

行っちゃったため病室にふたりきり。
「……ねえ、誠、人って生まれ変われると思う？」
「……うーん、その質問難しい」
「よね。……でも私はもし生まれ変われるなら生まれ変わりたい。……生まれ変わってまたみんなに会いたい」
　そのときはせめて"がん"はないといいな。
　チラッと誠を見ると、ほほえんでくれていたから、誠もそう思ってくれてればうれしいなって思った。

「はい、私いちばん乗りー!!」
「バカ真奈はずるしたじゃんか」
「はいはい、みんな子どもか」
「そういう恵だって子どもじゃん」
「徹？　あんた今何歳？　15歳だよね？　あたし、16。OK？」
「い、いえす、いえす」
　ドタバタという元気いい足音が聞こえてきたと思ったら、真奈ちゃんを先頭に4人がドアを開けて入ってきた。
「誰がいちばん早くつくかゲームを真奈がし出したの。ごめんね？　うるさくて」
「ううん、でも病院内走ったの？」
「さすがにそれはできないから早歩きってルール」
　……うん、ならいいかな。
　走っていたら小崎さんが飛んでくると思うけど。
「あれ、なんでこんなに本がたくさん？」

「わー!! 見ちゃダメっ!!」
　興味津々で近づいてきた真奈ちゃんに、必死で本ごと下の紙も取って、胸に抱く。
　……これだけは絶対に見ちゃダメ。とくに真奈ちゃんは。
「なんでー？　え、なんか私した？　ねえ、誠おおおおおおお!!」
「あ、誠、言っちゃダメだからね！」
「えー、何ってことも言っちゃダメなの？」
「ダメ」
　絶対ダメ。
　……そしたら意味がなくなっちゃうでしょ。
「うーん、でも俺もどんなのかは見せてもらってないんだよ？」
「でも何かってことは教えてもらったんでしょ？　え、ずるい。何それずるい」
「……そのうち、わかるからっ！　それまで待ってて」
　真奈ちゃんにそう言うとしぶしぶ頷いてくれた。
　……ちゃんと５着完成したら見せるからね。
「あー、ガールズトークしたい恋バナしたいー。男子陣、邪魔」
「は？　真奈の恋バナとか脅しで使う以外、サラサラ興味ない」
「ちょ、脅しで使うとか奏多黒っ！　悪魔!!　鬼!!」
「どうとでも言え」
　ふっ、と鼻で嘲笑うと真奈ちゃんが青ざめて震え出す。

「もう、いい加減にしなさいよ、ふたりとも。せっかくみんなで来てるんだから」
「そーだ！　そーだ！　恵の言うとおりー!!」
「徹は黙ってて」
「……すみませんでしたっ」
　そういえば徹くんと恵ちゃんの関係って……どうなったんだろう？
　……まあ、見るところあんまり変わってなさそう。
「紗葉、紗葉？」
「ん？　何？」
「なんでもない」
「え、何それ」
「なんとなーく。紗葉、やっぱり会ったころと比べてすごい笑うようになったな？　って思って」
「ああ……そうかも」
　誠のこと、最初すっごく苦手だったから……かな。
「え？　紗葉ちゃんって、普通に笑ってた記憶があるんだけど」
「真奈たちと会ってからだったもん」
「うふふー、魔法使いのプリンセス真奈って呼んでちょうだい！」
「外れたネジ突っ込んでやろうか」
「ねえ、奏多が怖いんだけど。助けて。お茶目なジョークじゃん!!」
　怯える真奈ちゃんに抱きつかれた恵ちゃんが、まったく

動じなくて無表情だったのがなんか面白くて、思わず声を出して笑う。
「ちょ、紗葉ちゃん笑いすぎだし!!」
「待って……ツボに入った……っ」
　なんか、笑いすぎて、お腹痛い……っ、！

　動けなくなった体で、青空を見上げる。
　つい、1週間前は元気だったのに。
　……昨日になってまた倒れちゃって。
　たまたまそのときはひとりだったから、発見も遅くて病態は悪化していた。
　人工呼吸器はついてないけど、食欲も何もないから点滴が腕につながっている。
　……動く気力もなくて、何もしたくない。
　昨日からずっと空ばっか見つめていた。
　——トントンッ。
「はい」
　ドアのノック音に返事をすれば開かれた先に、白衣を着た橘田先生が現れる。
「紗葉ちゃん、調子はどう？」
「……倦怠感？　ですかね。そればっかりです。今はそんなに気持ち悪くはないですし」
「そっか……でも顔色がよくない。……ねえ、紗葉ちゃんどっかにぶつけてないのに青あざができたとかなかった？」
「え……あ、左腕……。あと、ふくらはぎ……」

ぶつけた記憶もないのに、なぜか痛くて。
　見てみたら、青あざだった……な。
「……それも〝がん〟の症状のひとつなんだ。……紗葉ちゃん、もう覚悟はできてる……？」
「……死ぬのが怖くないって言うと、嘘になります。でも、前よりはある程度心の整理もついてるつもりです」
　頭ではあと少しだってわかっているし、だからこそ今後悔しないようにって笑顔で過ごしている。
「……うん。それも大事なことだよ」
「先生、率直に言ってください。私、あとどれぐらい生きれますか……？」
「……それは、あんまり……」
「いいんです。言ってください」
　戸惑う先生に真っ直ぐに視線を向ける。
　大丈夫。頭では覚悟だってできている。
「……あと、3日から、1週間ぐらい……かな」
　……大丈夫。
　頭では……覚悟だってできている。
「……ありがとうございます」
　3月中旬。
　桜の蕾が咲く準備をはじめたころ、改めて私の命はあとわずかと宣告を受けた。
　橘田先生が出ていったドアを冷めた目で見つめて、じわじわとぼやけ出す視界を、そっと拭った。
「……わかってたじゃん。覚悟、してたじゃん」

こういう運命なことも、あと少ししか生きれないことも全部、わかっていたんだ。
　でも、もしかしたら"がん"がなくなるかも、なんてバカなこと考えていた。
　たくさん笑ってれば、何かが変わっている気がした。
　何に期待したんだろう……。
「……無理だってわかってたから。無理だから、笑っていようって決めたのに」
　笑っていよう、最後まで。あと少ししか生きれないなら、泣かずに笑おうって。
　涙、止まれ。私を笑わせて。
　無理やりにでも笑ってみようって口角を上げるけど、全然ダメ。
　震えて、言うことをきかなかった。
　今日は午後からみんな来るのにっ……。
　今日は何を話そうかな、なんて考えてみるけど涙は止まらない。
「……お願い……まだ生きたいのっ……」
　手首を涙で濡らす。
　……生きたい、そう強く願っても私は、生きられない。

「……紗葉、さっき泣いたね」
「……え？」
「目、赤い」
　そう言った誠からすぐに目をそらす。

だいぶ、赤さは収まったのになあ……。
「なんかあった？」
「うーん……改めて余命宣告されたくらいっ」
　そう明るく言うと奥で言い合っている真奈ちゃんと奏多くんたちでさえピタッと動きが止まる。
「え、な、何……？」
「何じゃないよ！　どうして言ってくれなかったの!?」
「え、え、だって……こういう空気になると思ったから」
　うん、だって……すごい静かで暗くなっちゃった。
「……まあそれは置いといて。なんて言われたの？」
「あと、3日から1週間だって」
　聞いてきた恵ちゃんの顔が、一瞬で曇る。
　真奈ちゃんは少しだけ唇を噛みしめながら、私から視線をそらした。
「……大丈夫だよ、さすがにさっきはショックで泣いたけど。もともと心の整理はついてたし。それにみんながいるから。私、後悔なんてこれっぽちもしてないし」
「……ならいいんだけど、さ。紗葉ちゃんは自分ひとりで抱え込むから、それだけはやめてよ？　辛かったり苦しかったらちゃんと言ってね」
「そうだよ、カラ元気と相手を気づかうって違うからね!?」
「ふふっ、うん、ありがとう……」
　……さっきは本当にショックだったけど、みんなと喋ったから自然と心は元気、かな。
「でも、私、前、誠にさ、最後の最後まで夢を諦めたくないっ

て言ったんだけど……生きることも、私、最後の最後まで、諦めたくないの……。生きたいって最後まで思ってもいい、かな……??」
「もちろんっ、でしょ……」
　そう言ってみんなが優しくほほえんでくれたから。
　最後の最後まで生きること、諦めないって、ちゃんと決意した。
　再び抗がん剤治療も勧められていたけど断った。
　最後くらい、好きな人の前では少しでもありのままの自分の姿でいたかったから。

　あれから5日。
　私の容体は急変した……。
「紗葉ちゃん……！　しっかりして……！」
　看護師さんにそう言われるけど、吸う息は浅くて、ひゅ、ひゅ、と音が鳴る。
　今は13時くらいだからみんなは学校だけど、たぶんお母さんが連絡しちゃったと思う。
　……心臓が今までにない速さで脈打つ。
　大急ぎで人工呼吸器がつけられた。
　少しだけ息をするのがラクになって、体の力が抜ける。
「……紗葉っ！　頑張って、頑張って……!!」
　泣きながら病室に入ってきたお母さんとお父さんを見るけど、涙で視界が霞んでいて、焦点が定まらない。
「……お母、さんっ……お父さ、ん……？」

「そうよ、いるよ。お父さんもお母さんも。……ここに」
　決して強くない力で私の手を握ってくるお母さんから体温が伝わってくる。
　……あったかい。
　そう思って、私も力が入る限り精一杯握り返したけど、かすかに動く程度だった。
「大丈夫だ、紗葉っ……お前はひとりじゃないぞ」
　お父さんの言葉にそっと笑う。
　うん、やっと、その言葉の意味がなんとなくだけどわかったよ。
　『大丈夫』、『ひとりじゃない』って。
　……お父さんの言うとおり、だったね。
「紗葉っ!!」
　だって、ほら。
　愛おしい声のほうを向けば、みんながいて。
　私はひとりじゃないよって。
　手を差し伸べてくれた、みんな。
「……学校、は？」
「そんなの、早退……！」
「真奈ちゃ……勉強ついてっ……いける……の？」
「ついていくよ……だって……っ、また紗葉ちゃん教えてくれるでしょっ？」
　駆け寄ってきた真奈ちゃんの目は、涙で濡れていた。
「紗葉ちゃん、諦めないでね。……あのとき、言ってたじゃん……っ。諦めないって。最後の最後まで生きること諦め

ないって」
「うん……っ、諦めないよ。……生きたい……っ、私、っ、生きたいからっ……」

　恵ちゃんの言葉に小さくだけど頷けばその動きによって私の目から涙が伝う。
「紗葉っ……紗葉っ……」
「誠っ……私、みんなと出会えて……幸せだった。っ……みんなと笑えて、生きているって、素敵なんだって。ありがとう……ありがとね……」

　あのとき、誠と出会わなかったら。あのとき、真奈ちゃんたちが私の部屋に来なかったら。

　私は、ずっとこの狭い世界でひとりつまらない時間を過ごしてた。

　生きたいって思えたのも。

　また、私が笑えるようになったのも全部誠のおかげ……。
「ありがとう……っ。誠っ」
「……っ、俺だって、ありがとう、紗葉っ」

　そう言って笑うと、誠も涙が流れる頬で笑ってくれた。
「みんな、も……お、母さんも、お父さんもっ……ほんと、に、ありがと……っ」

　今、伝えたかった想い。

　『ありがとう』ってたった5文字のそれだけ。

　私は、ただこのときを精一杯生きたかった。

　この世界を生きたかったの。

　ねえ、生きているってすごいことだね。

生きてればなんだってできるから。
　何回だってやり直せるし、何回でも笑える。
　生きているって奇跡ってよく言うけど、あれって本当だと思う。
　生きてれば辛いことだってあるよ、苦しいことだってあるよ、でも、いいことだってあるじゃない。
　辛いって思えるのは今、生きている証なんだよ。
　だからこそ私はこの人生を生きたかった。
　たとえ少ししかない人生でも。
　弱さと強さ、死と生、両方持っていて、いつ失うかわからないくらい脆いからこそ、今こんなに輝いている。
　……生きているってだけで、十分立派なんだよ。
　だから、泣かないで……？　みんな、笑っていて……??
「………ま、た、明日……」
　──ピーーーーーーッ！

生きていた証【誠side】

 けたたましく機械音が鳴って、それぞれの数値が0を示したと同時に紗葉が瞳を閉じた。
「嘘だ……っ」
 目の前で何が起こっているのか、理解ができない。
 いや、理解したくなかった。
「紗葉ちゃん……!? 紗葉ちゃん!! ねえ、起きてよ!! ねえ!!」
 泣きながら叫ぶ真奈が紗葉の体を揺する。
「真奈、落ちついてよ! 落ちついてよ!! ……紗葉ちゃんはっ、紗葉ちゃんは……」
 そんな真奈を止める恵だって。混乱しているはず。
 いつもみたいに冷静な恵じゃなくて、溢れ出す涙を必死で拭いながら真奈に『落ちついて』とただ訴えかけていた。
「意味わかんないし……紗葉ちゃん、いなくなるとか、ないでしょ、そんなの。反則」
「奏多……奏多、紗葉ちゃん、っ、紗葉ちゃんは!?」
 うしろで徹と奏多が何か言っているけど、全然頭に入ってこない。
 泣き崩れる紗葉の両親。
 忙しなく動く看護師。
 ……どういうこと?
 紗葉は?

紗葉は、どこ？
　動こうと思っても動けなくて。
　足が床と一体化してしまったみたい。
　声？
　声ってどうやって発するんだっけ？
　頭が重い。頭が痛い。
　動かない紗葉を見ながら、俺は涙を静かに流すことしかできなかった。

「ねえ、誠？」
「……え、何？」
　……あれ、記憶がない。
　俺、今まで何していたっけ。
　あたりを見渡せば、見慣れた学校の廊下だった。
「真奈、今何時？」
「何時って、さっき食堂で、お昼ご飯を食べたところじゃん……」
　そうだったっけ？
　ボヤボヤした頭をなんとなくかく。
　てことは、今は昼休み？
　何か思い出せないかと記憶を探ってみるけど、全然ダメだった。
　どんだけフリーズしているんだよ、俺。
　……あれから紗葉はどこかに連れていかれて、翌日にはもうお通夜が開かれていた。

「誠、もう1週間だよ？　そろそろ、しっかり……」
「マジで？　くっそだりぃー。英語とかマジ死ね。つーか死にてぇー！」
「それな。俺も定期テスト親に見せるとかマジ死ぬわ。でもそっちのほうが自分の老け顔見なくていいんじゃね？　ちょっくら今から死んでこようかな」
　真奈の言葉の途中で、ガハガハ、と笑う男子ふたりの会話にどこかイラ立ちを覚える。
「え、ちょ、誠!?」
「は？　何、お前？」
「誠っ、待って!!　落ちついて!!」
　真奈や恵の制止なんか気にならずに、いつのまにか無我夢中でそいつらの胸ぐらを掴んでいた。
「簡単に死にたいなんて言うなよっ！　簡単に死ぬなんて言うなっ……!!」
　……紗葉、今、キミは何してますか？　笑ってますか？泣いてますか？
「だったら、その命、紗葉にあげろよ……生きたくても生きれない人だっていっぱいいるんだよ……」
　どうしたら紗葉が笑ってくれますか？
「誠っ！　やめてっ!!」
　俺が死んだら紗葉は生き返りますか？
「紗葉にっ、謝れ……!!」
　……俺が死んだら、紗葉は笑ってくれますか？

「誠、いい加減、目を覚ましてよ。最近ヘンだよ」
「……別に、ヘンなんかじゃないよ」
　そのまま、イラ立ちを名前も知らない男子にぶつけていたら、見事に先生に生徒指導室に連れてこられた。
「学年でトップの成績の椎名がどうして」
　そう嘆く先生に、恵が少しだけ事情を話して……俺は今後は注意っていうことで今回は処分なし。
「……よくそれでヘンじゃないって言えるよね。十分、ヘンだよ、誠。心ここに在らずって感じ」
「……じゃあ、お前らは1週間でこの状況に納得してるのかよ？　そんな簡単に紗葉がいたって証、捨てられるのかよ!?」
　俺が大声を張り上げた途端、恵が一瞬、眉を悲しそうに下げたのが見えた。
「私たちだって、納得なんかしてないよ!?　紗葉ちゃんがいなくなったこと、はいそうですかなんて認められないよ!?　でも、それじゃダメなんだよ……。いつまでもそうやって悲しんで自分見失っていても……そんなこと紗葉ちゃんは望んでないから……」
　真奈が珍しく怒って、苦しそうな表情をする。
　わかっているよ……俺だって。そんなこと。
　でも、どうしたらいいか、わからないんだ。
　俺、これから先どうしたらいいかわからないんだ……。
「……俺、どうしたらいい？」
　そんな疑問を投げかけて、震える手のひらで髪の毛をぐ

しゃっと握る。
　そのとき、マナーモードにしていたスマホがポケットの中で震えた。
「紗葉のお母さん……？」
　スマホに表示されたまさかの着信相手に驚いて、少し目を見開く。
　まわりの奏多たちを見ればみんな静かに頷いてくれて、そっと通話ボタンに触れた。
「……もしもし」
《……あ、誠くん？》
「……はい」
《ごめんね。こんな時間に。……私もまだ心の整理がついていないんだけど……じつはね……》
「……はい、じゃあ今から行きます」
　そう言ってプチッと終了ボタンを押して、今から自分がしなきゃいけないことを瞬時に考える。
「ごめん、俺、早退する」
「え？　ちょ、どういうことっ!?」
「紗葉のお母さんに会ってくる」
「ごめんごめん、状況が理解できないんだけど」
「……俺だってこのままじゃダメって思ってるから。……ちゃんとけじめ、つけてくる」
「いや、でも……」
「……いいよ。誠がそう言うなら。先生には上手いこと言っとく。その代わり、変わらずに戻ってきたら殴るからね？」

「……ありがとう恵」
　いつもみたいにほほえんだ恵に俺もほほえみ返して、俺は紗葉のお母さんがいる喫茶店へ向かった。
　──《じつはね……紗葉に誠くんに渡してって頼まれていたものがあるの》

「本当ごめんね、こんな学校がある時間に電話なんてしちゃって……ずっとぼーっとしていて、なんか今、ハッと思い出しちゃって」
「そうだったんですか……」
　そんな話をしながら紗葉のお母さんはカバンから、マンガ家が原稿を入れるような少し大きめの茶色い封筒を取り出して渡してくれた。
「……これを？　紗葉が？」
「そうなの。やたら大きくてびっくりしたんだけどね。誠が開けるまで中は絶対見ちゃダメって言われていて私も見てないの」
　封筒を持ってみると、少し触れるたびガサガサと小さく音がする。
　紙とか……入っているのかな？
「……これ、中を見ていいですか??」
「いいわよ。私も見たいし」
　紗葉のお母さんに許可をもらって、中を開ける。
　封はされてないから、すぐに中に入っていたものを見ることができた。

「……デザイン画？」

　5枚の服のデザイン画と、ひとつだけ小花柄の手紙用の封筒。

　5枚それぞれで、服が違って。

　そのうちの2枚は女子用の服。

　もう2枚は男子用の服。

　あとの1枚はスーツだった。

　全部右下に「Sayo.」とあるから、紗葉が自分でデザインしたやつかな。

　そう思ってもうひとつの小花柄の封筒を開く。

　そこには、キレイな文字で、【誠へ】と書かれていた。

　誠へ。

　これを誠が読んでるってことは、私はもうそこにはいないよね？

　誠の隣にもっと、もっといたかったな。

　でもその願いは叶わないようです。

　ごめんね、私が"がん"だから……。

　私は元気な人とは違うって、ずっとずっと思い込んでいて壁を作っていた。

　現実を見るのが嫌でずっとずっと逃げていたの。

　みんなと会う前の私の世界は、まるでビー玉の中で、手足も自由に伸ばせない息苦しい世界だった。

　ああ、私はこの狭い世界で短い時を過ごすんだって何もかも諦めていた。

そんなとき、白い羽根を生やした天使と出会った。
　5人の天使は、暗闇のビー玉の中にいる私に手を伸ばしてくれたの。
　でも、変わるのが怖かった。
　また、失うのが怖かったの。
　だからその手を振り払った。
　それでも変わらず差し出してくれる手に、私はいつしか心を開いていたの。
　誠たちのまわりは妙に輝いていて、笑顔がすっごく素敵だった。
　手を引っ張られるがままビー玉の外の世界に飛び出せば、ありえないくらいキレイな青空が広がっていた。
　私には経験したことないような世界で。輝いていた。
　途中で何度もビー玉の世界へ戻ろうとした。
　失うのが怖くて、何度も傷つけた。
　でもそのたびに手を引いて、輝く世界へ残してくれた。
　ありがとう。
　こんな5文字じゃ伝わらないよね。
　でもそれ以外に伝える言葉がないんだ。
　ごめんね、ありがとう。
　生きたいって思えた。
　たった16年の人生だったけど悪くないなって思えた。
　この人生……笑顔で終われるよ。
　誰かに16年なんてちっぽけだって笑われたら、その16年が私にとってすっごく幸せな宝物だったって言いきれる。

……明日が来るって本当にすごい幸せなことだって気づくこともできたよ。
　ねえ、誠、今……泣いている？
　もし泣いていたら笑って？
　……私、誠の笑った顔が大好き。
　もし、自分を見失っていたら、1回立ち止まって？
　立ち止まって、振り返って、また歩き出せばいいよ。
　間違えたらやり直せばいいよ。
　大丈夫。
　誠はひとりじゃないよ。
　誠には誇るべき友達がいるじゃん。
　信頼できる友達がちゃんといるってこと忘れないでね。
　誠に、真奈ちゃんに、恵ちゃんに、奏多くんに、徹くん。
　みんなに出会えて本当によかった。
　ありがとう。
　誠を好きになれて幸せだった。
　ありがとう。
　本当に、ありがとうね。
　誠、大好きだよ。
　また、どこかでね。

追伸：
　そのデザイン画は、それぞれみんなをイメージして描きました。
　左上に見えるか見えないかで、小さく名前が書いてある

から探してね。
　ちなみにデザイン画の裏に書いてあるメッセージは、本人に渡してください。

　読み終わって、自然と頬に何かが伝うのを感じた。
「すみません、男が泣くって気持ち悪いですかね……」
「ううん、そうは思わないわよ。誰かを思って泣いてる人のことを気持ち悪いなんて思わないわ」
　そう言って笑う紗葉のお母さんが、どことなく紗葉と重なって、涙を流しながら俺もほほえんだ。
「……このデザイン画、俺ら一人ひとりに描いてくれたんですって」
　紗葉が書いていたとおり、左上に小さくそれぞれ名前が書いてあった。
　……俺、スーツ？
　気になって裏返すと、紗葉からのメッセージが書かれていた。
【誠はスーツ。ごめん、これだけはすぐにパッと浮かんだ。誠、医者になりたいって言っていたでしょ？　だからそういうときスーツ必要かなって。白衣でもよかったんだけど、ね。誠の夢、私ちゃんと応援してるから！　頑張れ！】
　……俺、バカ？
　いっつもそうだ。
　紗葉のことになると、まわりが全然見えなくなる。
　そうだね、真奈の言うとおり。

自分を見失っていた。
　こんな俺、紗葉は望んでないよね。
「……すいません、これ本当にありがとうございます！」
「ん？　あ、いえいえ！　全然!!　ごめんね、本当は学校終わってからでよかったんだけど……」
　申し訳なさそうにする紗葉のお母さんに首を振る。
　ううん、紗葉のおかげで、救われた。
　やっぱり俺、間違っていた。
「……あ、あと、ごめんなさい。俺……今から真奈たちに会ってくるんで……せっかく来てもらったのにすみません！　これで失礼します!!」
「いえいえ、全然。気にしないでちょうだい。私がこんな時間に呼び出しちゃったのが悪いんだから」
　ほほえむ紗葉のお母さんにもう1回頭を下げて、茶色の封筒ごと持って店を出た。

　店を出て、大急ぎで電話する。
　たぶん、今はもう授業がはじまっちゃっているから、真奈がいちばんつながる、かな？
　――プルルッ。
《はい、もしもし？　誠？》
　ワンコールで出た真奈にやっぱり、と思って少しだけ声に出して笑う。
《ちょ、こっち授業中なんだから用件、早く》
「ごめんごめん、じつは紗葉のお母さんから、渡したいも

のがあるって言われて。すごいよ。一人ひとりそれぞれにデザイン画」
《え、マジ》
「マジマジ」
《せんせー！　あたし、早退します!!》
《中原、具合でも悪いのか？》
《そうですう、具合悪いんですう。だから恵と徹と奏多も付き添いで連れてきますう》
《お前、ふざけんな！》
《ぎゃー！　なんでよ!?》
　甘ったるい声を出して手っ取り早く全員早退させようとする真奈の、先生への態度にまた笑う。
　ていうか、付き添いで３人も早退しないっつーの。
《はいはい、わかった。おっけー。事情があるのよ。こっちは》
《……もうダメだ、お前には本当敵わない……》
《ほんと!?　じゃあ、恵も奏多も徹もほら帰る準備して!!》
　うなだれるような先生の声が聞こえて、真奈に降参したんだなー、って思う。
　まあ真奈は頑固だから、先生の気持ちもなんとなくわかるけど。
《おらあああああ!!　てめっ、数学の宿題３倍にしてやる!!》
《鬼!!　ただの鬼!!　鬼山(おにやま)!!》
《誰が鬼山だ!!》

《あ、誠ごめん、ついたらまた電話するわ》

　騒がしい教室の音が聞こえる中、そんな真奈の声が聞こえてブチッと切れた電話。

　あれ、今ってたしか数学の時間だよね？

　……ああ、岡山(おかやま)先生は厳しいから、よく真奈は『鬼山、鬼山』言っていたな……。

　スマホをしまって、さっき渡されたデザイン画をひとつひとつよく見る。

　本当上手い、な……。

　真奈は白色のシンプルだけど、どこかかわいらしいワンピース。

　恵はデニムのショートパンツに、黒のタンクトップ。その上に白の透け素材のサマーニット。

　奏多は、八分丈の黒いズボンに白のTシャツ。黒いベスト。黒のハットまである。

　徹は、だて眼鏡に、少しダボっとしたズボン。奏多と同じ白色のTシャツに緑色のストール。

　みんながこれを見たときの反応がなんとなくだけど想像できて、口角が自分でも上がっているのがわかった。

7年後

「ごめんなさいね、また明日も来てくれるのに」
「誠くん、毎年悪いな」
「いえ、俺が紗葉のところに行きたいんですよ」
「ふふ、紗葉も誠くんが来てくれると喜ぶわ」

 あれから9年がたって、俺は大学を卒業して無事に医者の道を進んでる。

 今日は紗葉のお母さんとお父さんと……お墓参りだ。
「ごめん、誠くん、お花を替えてもらっててもいい?? 私たち水をくんでくるから」
「あ、はい、全然大丈夫です！」

 花を受け取って、先に紗葉のお墓へと向かう。

【朝日奈 家】

 すでに場所を覚えたから、すぐに来られた。

 そっと目の前にしゃがんで、花を替える。
「紗葉ー、俺ね、医者の夢叶えたよ。紗葉が応援してくれてたから、諦めるわけにもいかないしね」

 紗葉が言っていたとおり、俺も最後の最後まで夢を諦めない。

 そう思ったら、がむしゃらに勉強していた。
「ちゃんとね、紗葉がデザインしてくれたスーツ着てるよ」

 今日は私服だから、着ていないけど。

 着てくればよかった、かな？

「あのときは本当に俺、荒れてて自分見失ってたけど、紗葉のおかげで救われた。ありがとね」
　……あ、そうそう。
「明日ね、久しぶりに奏多たちと会うよ。別々の大学行ってからなかなかみんなで集まれなくて。真奈と恵とは家が近いから、ときどき会うけどね。会うって決まったらみんな紗葉に会いたいって言うから、明日連れてくるね」
　よし、報告済みだから紗葉も許してくれるはず。

「誠くん、じゃあ行きましょうか」
「あ、はい！」
　ひととおり終わって帰ろうと立った瞬間、
『また明日、誠』
　そよ風とともに、大好きなキミの言葉が聞こえたんだ。
『………ま、た、明日……』
　紗葉が最後に残した言葉もまた明日だったな。
　それはキミが大嫌いな言葉。
『明日が来るって本当にすごく幸せなこと』
　……大嫌いだからこそ、大好きだったんだろうな。
　……『また明日』って、明日また会えるっていう約束みたいだね。
　きっとこれから先も、俺は紗葉のこと忘れない。
　紗葉が必死で生きたかった今、俺がいるこの時間。
　当たり前に思っていたこの時間。
　大事にする。

大切にするよ。
 この人生に後悔ないって胸を張って言えるくらい、全力で生きるから。
 ……だからさ、紗葉も笑っていてよ。
 前に紗葉が質問していた、生まれ変わったら、のこと。
 ……もし、俺が生まれ変わったらまた紗葉に会いたいよ。
 同じ時間を過ごしたい。
 また一緒に笑い合いたい。
 また、紗葉を……好きになりたい。
 もう会えないけど、もう話せないけど。
 もう……笑いかけてくれないけど。
 それでも、やっぱり紗葉が好き。
「うん、また明日」

番外編

大好きなキミへ【美由紀side】

　世界は急に終わってしまうもの。
　わかっていた。
　そんな可能性はあるって。
　でも、実際に現実で起こるなんて思ってなかったのかも。
　たったひとつの後悔は、大好きなあなたに、何も言えなかったこと。
　言葉を、最後の想いを、キミへ。

「どうしたの？」
「うーん、なんか頭が痛い……」
「……調子悪い??」
「そういえば、検査の結果も悪かったかなあ……」
「ああ、紗葉また逃げたんでしょ。朝起きたら紗葉いなくて私焦ったもん」
「だって！　嫌なんだもん検査！　注射ならまだしも血とられるんだよ!?」
「うわー、それは私も嫌だなー」
　でしょ!?　なんて言って私を見つめるのは朝日奈紗葉。
　私の親友であり、同じ病室の子でもある。
　紗葉はすっごくかわいい美人さん。
　この世でトップ10に入るくらいの美形なんじゃないかって思う。

本人が、それをまったく自覚していないってところが面白いけど。
「もうっ！　しかもさ、色鉛筆の茶色はなくなるし……ほんと辛いぃぃぃ」
「え？　色鉛筆の茶色なら私が借りてるよ？　昨日、紗葉が貸してくれたじゃん」
「嘘!?　……あ、そうだったあああ……」
　ぐたっとベッドについている机に突っ伏す紗葉に、クスクス笑う。
「ねえ新作のデザイン！　見せて！」
「えー、下手だけどそれでもいい？」
「もっちろん！」
　紗葉はデザイナーになるのが夢で、本当に絵が上手い。
　紗葉が描く服はかわいくて、輝いていて、いつもどこか惹かれるようなそんな絵。
　本当に天才なんじゃないかってくらい才能あるのに、これまた本人自覚なし。面白い。
「えっとねえ、今回ワンピースなんだけどねえ……袖をつけるか、それともこのまま袖なしかで迷ってて……」
「んー、これならこのままでいいんじゃない？　淡い色だから夏っぽいし！」
「さすが美由紀！」
　かんせーい！　なんて言いながら下にマークをつける紗葉はかわいいったらありゃしない。
「美由紀は？　新作のヘアメイクできた??」

「メイクはまだだけど、ヘアアレンジはできたよ!」
　私はヘアメイクアップアーティストになるのが夢。
　紗葉はそんな私を応援してくれる。
　いつか私と紗葉でタッグを組んでお仕事をしたいな、なんて密かに思っているけどね。
「美由紀ってロングのヘアアレンジ多いよねー……やっぱショートって難しいのか」
「あは、まあね。ショートは髪の毛短いから三つ編みとか大変だし」
　本当は紗葉にしてあげたいなーって思っていたらロングのアレンジが多くなっちゃっただけなんだけどね!
「……そうだ、明日で美由紀、退院なんでしょう?」
　しゅん、なんて効果音が似合うくらい眉を下げる紗葉。
　私はそんな紗葉に、きゅんってしたけどね!
「もう、寂しそうな顔しないでよお、またこれからも紗葉に会いにくるって!」
「本当の、本当の、本当に?」
「本当に!　同じ学校だしね♪」
「美由紀、大好きぃぃぃぃぃぃ」
「私も紗葉が大好きぃぃぃぃぃぃ!」
　笑いながら抱きしめ合う私たちって、絶対にまわりから見たらヘンな人でしょ。
　そんなの全然気になんないけどね!
　それから、学校が終わったら毎日病院に行って、毎日紗葉と喋って……。

「今日さ、赤井先生がね、すっごく面白かったの！」
「あー、赤井先生って美由紀の担任の??」
「そうそう！　給食の時間に、クイズ出してきてね……」
　楽しかったし、うれしかった。
「げほっ……ごほっ……」
　ときには辛そうな紗葉も目にした。
　苦しそうな日もあった。
　それでも私は紗葉と一緒にいたの。
　紗葉の支えになりたかった。
　神様、どうか紗葉が長く生きられますように。
　どうか、紗葉が元気で笑顔で生きられますように。
　1日でも長く紗葉が笑っていられますように……。

「美由紀ちゃん、あのね。紗葉ちゃんのことでお願いがあるんだけど……」
「紗葉のこと……??」
　私が小6で、12月18日だった。
　紗葉のクラスの女の子が、私のクラスにやってきた。
「あのっ、紗葉ちゃん"がん"と闘ってるんでしょう？　私たち紗葉ちゃんの役に少しでも立てることはないかって考えて……」
　少し小さい声で、でも私の目をしっかり見て話す女の子。
「色紙をクラスのみんなで書いたんです。でも紗葉ちゃんの病院がみんなわからなくて……美由紀ちゃんに渡してもらおうって話になったんです。あっ！　できたらで大丈夫

なんですけど、よかったら紗葉ちゃんに渡してください！」
　頭を下げて、色とりどりの文字が書かれた色紙を私に差し出す。
「もちろん！　喜んで届けさせていただきます♪」
　……紗葉が笑ってくれるなら、私はなんでもするよ。
「あ、でもその代わり、私もこの色紙にメッセージ書いていい??」
「もちろんですっ!!」
「ありがとう！　紗葉にはきちんと私が責任を持って渡しとくからね♪」
　そう言うと、女の子は笑って頷いて自分のクラスへ戻っていった。
　それを見届けて、チラッと色紙を見る。
　うーん、何を書こう……。
　伝えたいことがありすぎるんだもん。
　頑張れ？　負けるな？
　どれも違う気がするし……。
「……よし！　これでおーけー！」
「今井さん、どうしたの？」
　悩んで悩みぬいた結果のメッセージを書いてガッツポーズをしたら、近くにいた先生にクスクス笑われていた。
　え、何これ恥ずかしい。
「あら、色紙……??」
「あ、はい。5年生のみんなの寄せ書きです。紗葉に渡してって頼まれて……紗葉、喜ぶだろうなあ……」

「今井さん、本当に紗葉ちゃんが大切なのね」
「……はい。紗葉は大切で大事な人です」
　だから、紗葉には笑っていてほしいの。
「机の整とんをしてくださーい！」
　帰りの会の、気だるそうな日直を思いっきり急かしたい。
　こっちは紗葉に早く色紙を渡したいんだってば！
「気をつけー、れいー！」
「「さよーならー」」
「え、ちょ、美由紀!?」
「ごめん！　今日ちょっと病院に寄るから！」
　早く早く紗葉に渡したくて、私は学校を飛び出した。

　速く、もっと速く。
　もっともっと速く走れたら、もっともっと長い時間、紗葉と喋れるのに。
　病院の目の前にある横断歩道で立ち止まる。
　信号は赤。
　さっきまで必死に動かしていた足を止めて、両手に握られている色紙を見る。
「紗葉、喜んでくれるかなあ……」
　想像するだけで口角が上がる。
　それから色紙から視線を信号に移す。
　赤色の光が青色に変わった。
　それを確認して、一歩足を前に踏み出した途端、
「危ないっ!!」

誰かの叫び声とともに、鈍い音と体が壊れるくらいの痛みと衝撃。
　どこにも力が入らなくて、衝撃のまま自分自身が倒れるのがわかった。
　まわりに人が集まってくるのに、私はこれっぽちも動けなくて、誰かが何かを叫んでるのに何も聞き取れなくて。
　痛い。体中が痛い。
　まわりが赤で染まってく。
　痛い、痛い。
　苦しい。息ができない。
　……いったい、何があったの??
　ああ、これは何かの罰ですか。
　紗葉の幸せと私の幸せ、両方願った罰ですか。
「ご……め、ん……ね」
　ごめんね、紗葉。
「……あぃ……がっ、と……う」
　今までありがとうね、紗葉。

「どこ、ここ……?」
　倒れた私が目を覚ませば白い世界。
　どこなの、ここ。
　どうして。
　私は死んだんじゃないの??
　悶々と考えていると、ふっと白い世界が病院に変わる。
　……え、紗葉?

「美由紀、ごめんね……っ」
　病室のベッドでずっと謝りながら泣いている紗葉。
　どうして？
　私は紗葉を泣かせたいんじゃないの。
　紗葉の涙が見たいわけじゃないの。
　違うじゃない。私が願った未来と違う。
　……紗葉の笑顔が見たかったのに。
「美由紀ぃ……一緒に生きようって言ったじゃん!!　……一緒にっ、夢、叶えようって言ったのに……っ」
「紗葉……」
　目の前でずっとずっと泣いている親友に、今の私は何もできなくて。
　悔しさで唇を噛みしめた。
「私のせいで……っごめ、んね……ごめんねっ美由紀……私さえ、いなかったら……っ」
「違う！　紗葉のせいじゃない!!　……だから泣かないでよ、泣かないで……紗葉」
　私の言葉は、いちばん伝えたい人に届くわけもなく、宙を仰いで消えてった。
「紗葉はっ、悪くない……っ、紗葉は、悪くなんて、ないのっ……！」
　全部私のせい……。
「死んだ、なんて、嘘って……言ってよ……っ、帰ってきてよ……」
　泣く紗葉に、そっと手を伸ばすけどこれっぽちも届かな

くて、私の視界が涙で揺れる。
「紗葉……っ、ごめんね……ごめんねっ……」
　ごめんね、紗葉。
　"がん"で苦しんで辛い思いをしているのに、私が余計に負担かけちゃって。
　ごめんね。そんなに泣かせちゃって。
　なら、色紙にあんなこと書かなきゃよかったよ。
『一緒に夢叶えようね。紗葉なら大丈夫。きっと大丈夫。一緒に生きよう』
　あのときの言葉に嘘なんてなかった。
　私の紗葉への心からのメッセージだった。
　でも、紗葉が涙を流しながら見ているそれは、私が渡そうとした色紙でしょう？
　紗葉に笑ってほしかったのに。
　だから、紗葉に早く渡したかったのに。
　……紗葉が泣いていたら、意味がないんだよ。
「ねえ、紗葉。笑ってよ……。泣かないで……笑って？」
　私は大丈夫だよ。
　ねえ、だから紗葉も笑っていいんだよ??
　紗葉に伸ばしていた両手を、だらしなく下ろす。
　その瞬間、目が開けていられないくらいの眩しい光に包まれた。
「な、に……？」

　しばらくしてから、無意識につぶっていた目をうっすら

開けると、そこはいつもの病室。
　……でも、ちょっと違う。
　ここは北館だ。
　小児科病棟は南館。
　それに小児科病棟にはない個室。
　どうして、私はここにいるの？
　……ここは、誰の病室??
「紗葉ちゃーん！　って、あれ、いない……」
　ひとり考えていたら、扉が開いて元気よく病室に入ってきたポニーテールの女の子。
「誰……??」
　黒髪のポニーテールを揺らしながら、キョロキョロあたりを見まわす女の子をじっと見つめる。
　……知らない子。
　紗葉の名前、知っているの？
　紗葉の知り合い??
「真奈ー！　ひとりだけ先に行くなんて卑怯でしょ!!」
「恵!!　だってー、早く紗葉ちゃんに会いたかったんだもんー」
「それはわかるけど……あれ、紗葉ちゃんは??」
「うーん、なんか来たらいなかった」
　そう言い合っている女の子ふたり。
　どうやら、さっきのポニーテールの子は『真奈』という名前で、あとからやってきたボブの女の子は『恵』って名前らしい。

ふたりとも制服を着ていて、ぱっと見は高校生って感じ。
　……あ、双葉東高校の制服だ。
　そういえば私、ここに行きたいなとか子どもながらにぼんやり考えていたな。
「結局、行けなかったけど……」
　誰にも聞こえないのをいいことにボソッと言ってみる。
　本当にぼんやり行きたいな、程度だったけどね！
「ていうか恵、奏多たちは??」
「奏多？　ああ、真奈が全力ダッシュするからバテてたわよ。今ごろ病院に入ったくらいじゃない？」
「え、あれぐらいでバテるとかありえないでしょ！」
　顔を歪ませる真奈ちゃん？　に、笑う恵ちゃん。
「真奈！　恵！　早い！」
「奏多たちが遅いだけ」」
　突然ガラッと扉を開けて入ってきた3人組の男の子。
「徹が遅かったんだから！」
「そんなこと言ったら奏多だって走るのやだって言ったじゃん！」
「あれ、紗葉は??」
　『徹』と呼ばれる背の高いさわやかな男の子に、背の低いかわいい系の『奏多』っていう男の子。
　あとひとりの名前は……なんだろ。
　みんなと喋っているその男の子を、病室の隅で観察する。
「……あれ、みんな……もう来てたの？　ごめんね、少し橘田先生と話してて……」

ガラッと音を立てて扉が開いた先に立っていたのは、女の子。
　黒髪のロングヘア。
　美少女すぎるくらい顔が整っていた。
　背も160cmくらいあったから、一瞬、真奈ちゃんたちの友達だと思った。
　……けど、その整った顔に、紗葉の面影がどこかあった気がして。
「紗葉ちゃん！　全然大丈夫だよ！」
「今日のホームルームなんか早く終わったんだよね。だから来ちゃった」
　……ああ、やっぱり。
　恵ちゃんたちが次々にほほえみながら呼ぶ名前。
『紗葉』
　今、目の前にいるのは、成長した紗葉。
　あれから、何年か成長した紗葉だったんだ。
「紗葉……」
　私の声なんて届くわけないってわかっているけど、それでもやっぱり無意識に言葉を発している。
「あのね！　今日、学校で奏多がまたバカだったんだよ！」
「はっ!?　それ言ったら真奈のが小テスト悪かったじゃんか！」
「ああ、真奈は『be動詞』の意味わかってないものね……」
「恵ぃぃいいいいい！　奏多にはそれ言わなかったんですけどぉおおおおぉおおお??」

「真奈ちゃん、どんまいっ……」
「ちょ、紗葉ちゃん!?」
　……あ。
　紗葉、笑っている。
「ねえ、紗葉！　水族館に行かない？」
「水族館……??」
「そっ！　ちょうど２枚チケットもらったから……」
「……行きたい」
「ほんと!?」
「よかったじゃん！　誠！」
　さっきの名前のわからない美少年はどうやら『誠』って名前らしい。
「紗葉ちゃん、よかったね！」
「楽しんできて♪　真奈たちは勉強会だけど」
「恵の鬼！」
　……たぶん紗葉の好きな人なんだなって思った。
　ていうか、両想いっぽい。
　……ほら紗葉、幸せそうに笑っている。
　ねえ、紗葉？
　今の紗葉は泣いているかもしれないけど、未来の紗葉は笑っているよ。
　まだ病院にいるけれどすっごく幸せそうだよ。
　ねえ、紗葉。
　もう大丈夫だよね？
　素敵な友達もできたし、素敵な恋だってしているよ？

やっぱ、紗葉は笑顔が似合うよ。
『……笑顔の未来は絶対じゃないけど、涙の未来も絶対じゃない』
　どんな明日が来るか、なんてわからないよ。
　絶対幸せな未来ってわけでもないし、絶対不幸な未来ってこともないでしょう？
　だからこそ、生きたいって思えるんだよ。
　紗葉、だから笑っていて??
　笑顔でいて？
　……私ね、紗葉の笑った顔が大好きなんだ。
　紗葉が幸せそうにしているとうれしいんだ。
　せっかくの人生、泣いているなんてもったいないよ。
　もう、紗葉は大丈夫だよ。
「またね、紗葉。今までありがとう」
　お別れは寂しいけど、涙が頬を濡らしながらの笑顔で、紗葉に言葉を送った。
　私の言葉は届いたかはわからないけど、一瞬だけ、紗葉がほほえんでくれた気がしたんだ。

Fin

あとがき

　初めまして、莉恋*と申します。
　『キミと出会えた奇跡』を手に取って最後まで読んでくださり、本当にありがとうございます。

　この作品を書くきっかけになったのは、最近、軽々しく使われる「死」の言葉、いじめが苦での自殺のニュースなどからでした。
　私たちは今、生きています。
　けれど、いつか必ず"終わり"は訪れてしまいます。それがいつか、なんて誰もわかりません。もしかしたら明日、明後日、訪れるかもしれない。そんな中でも、私たちは今、生きています。

　本文中に何度か出てくる「また明日」という言葉には、"また明日ね""また明日、会おう"という"約束"のようなものが含まれていると私は感じています。まるで、明日への希望が込められているような言葉ですよね。
　でも、明日、何が起きるかなんて誰にもわかりません。そんな、いつ何が起こってもおかしくない毎日を生きていることは当たり前なんかじゃなく、奇跡が重なり合ったようなすごいことなのです。

だからこそ、辛くても苦しくても諦めずに、今、生きている奇跡のような時間を大切にしてください。大切な人とともに過ごせる時間、笑い合える時間、苦しくて辛いともがく時間……全部が生きている証です。全部が私たちの足跡なんです。

　人は、ひとりではきっとすごく脆くて、ひとりじゃ生きていけません。けれど、支えてくれる誰かがいるだけで、そばにいる誰かがいるだけで、人は強くなれます。どうか、忘れないでください。私たちは、誰かに支えられながら生きているということを。決して孤独だ、なんて思わないでください。

　拙い文章となりましたが、この本を通して、少しでも多くの方に「生きる喜び」や「命の大切さ」などを感じ取っていただけたらうれしいです。

　最後に、サイトで応援してくださった皆様、文庫化に携わってくださった皆様、それからこの本を手に取ってくださった皆様のおかげで、文庫化させていただくことができました。心からの感謝を申し上げます。本当にありがとうございました！

2016.1.25　莉恋*

この物語はフィクションです。
実在の人物、団体等とは一切関係がありません。

莉恋*先生への
ファンレターのあて先

〒104-0031
東京都中央区京橋1-3-1
八重洲口大栄ビル7F

スターツ出版(株)書籍編集部 気付
莉恋*先生

キミと出会えた奇跡

2016年1月25日　初版第1刷発行
2017年4月11日　　　第3刷発行

著　者　莉恋*
　　　　©riko 2016

発行人　松島滋

デザイン　カバー　蔦見初枝
　　　　　フォーマット　黒門ビリー&フラミンゴスタジオ

DTP　株式会社エストール

編　集　酒井久美子

発行所　スターツ出版株式会社
　　　　〒104-0031 東京都中央区京橋1-3-1　八重洲口大栄ビル7F
　　　　TEL 販売部03-6202-0386（ご注文等に関するお問い合わせ）
　　　　http://starts-pub.jp/

印刷所　共同印刷株式会社
Printed in Japan

乱丁・落丁などの不良品はお取替えいたします。上記販売部までお問い合わせください。
本書を無断で複写することは、著作権法により禁じられています。
定価はカバーに記載されています。

ISBN 978-4-8137-0049-4　C0193

ケータイ小説文庫　2016年1月発売

『可愛い系オオカミ君の溺愛事情。』花菱ありす・著

可愛い系男子として人気だけど、実は毒舌男子の響羽と、ホンワカ系鈍感女子のはなは幼なじみ。親の都合でふたりぐらしをすることに…！俺様だけどふとした瞬間に見せる響羽のやさしさにドキドキするはな。そんな時、はなをねたんだ女子に呼びだされて…。ギャップ男子と甘い恋★

ISBN978-4-8137-0052-4
定価:本体 560 円+税

ピンクレーベル

『真実と嘘』うい。・著

高2の日向は暴走族・青嵐の元姫。転校生で現姫の柚姫の嘘により仲間に裏切られ、族を追い出されてしまったのだ。重い過去を受け入れてくれた大切な仲間を失い、学校中から無視される日向。絶望を味わう毎日だったが、見知らぬイケメン・茜に助けられて？　今、一番アツい暴走族の物語!!

ISBN978-4-8137-0053-1
定価:本体 660 円+税

ピンクレーベル

『ウソ恋』yumi*・著

双子の姉を自殺へと追い込んだイジメっ子たちに仕返しするため、高1の優美は美咲になりすますことを決意する。そんな優美が復讐内容として選んだのは、イジメっ子たちが想いを寄せる翔太と恋することだった。だけど、優美は翔太に罪悪感を抱きはじめ…。復讐からはじまった恋の結末は!?

ISBN978-4-8137-0050-0
定価:本体 530 円+税

ブルーレーベル

『幼なじみ(上)』白いゆき・著

高校に入学したばかりの絢音と蒼は、幼なじみ。好きだと言い出せずにいる2人だったが、蒼を想う女子生徒が起こしたある事件をきっかけに、蒼は絢音を守るため、告白する。絢音は5年前クラスメイトの智也を失い、そのことがトラウマになっていたのだ。ある日智也そっくりの遊也が現れて…。

ISBN978-4-8137-0051-7
定価:本体 590 円+税

ブルーレーベル

ケータイ小説文庫 2016年2月発売

『真面目くんがネクタイを緩めるとき(仮)』 cheeery(チェーリィ)・著

高2の胡桃は狙った男の子は必ず堕とす、モテモテの女の子。次のターゲットはクラス一真面目で地味な梶。だけど、梶の素顔は真面目ではなくて…!? モテモテの胡桃もじつは男の子になれていなくて、梶の素顔にドキドキ！素顔を見せたふたりの恋の行方は…!? 大人気作家cheeeryの待望の新作！
ISBN978-4-8137-0063-0
予価：本体500円+税

ピンクレーベル

『甘い王子様の俺様な素顔(仮)』 ぱる‥著

夢見がちな高1の胡桃は、学食で理想の王子様・恭汰先輩にひと目ぼれ。早速告白するけど、恥ずかしさから言い逃げしてしまう。そんな時、母親同士が旅行に行くことになり、その間、先輩と同居することに！ドキドキMAXの胡桃だけど、先輩には裏の顔があって…!? 最後まで釘付けの切甘ラブ♥
ISBN978-4-8137-0065-4
予価：本体500円+税

ピンクレーベル

『青空とキミと。』 *Caru(カル)**・著

高1のあおは中学の時に、恋人の湊を事故で失った。事故の原因は自分にあると、あおは湊のことを責め続けていて、ずっと湊だけを好きでいようと思っていた。しかし、屋上で湊を想い、空を見上げている時に、2年の遥斗と出会う。あおは遥斗に惹かれていくけど、湊のことが忘れられず…？
ISBN978-4-8137-0062-3
予価：本体500円+税

ブルーレーベル

『カ・ン・シ・カメラ』 西羽咲花月(にしわざきかつき)・著

彼氏の楓が大好きすぎる高3の純白。だけど、楓はシスコンで、妹の存在は純白をイラつかせていた。自分だけを見てほしい。楓をもっと知りたい。そんな思いがエスカレートして、純白は楓の家に隠しカメラをセットする。そこに映っていたのは、楓に殺されていく少女たちだった。そして混乱する純白の前に現れたのは……。衝撃の展開が次々に押し寄せる驚愕のサスペンス・ホラー。
ISBN978-4-8137-0064-7
予価：本体500円+税

ブラックレーベル

最高に切ない実話ラブストーリー!!

単行本 **空の君へ** ~命をみつめた真実のラブストーリー~

和泉 絢(いずみ あや)・著　定価:本体1100円+税　ISBN978-4-8137-9002-0

絶対号泣!実話ランキング第1位!

恋する時の苦悩、生きる意味、命の尊さ、そして本当の幸せとは…?

高1の絢は、ある日の放課後、親友の誘いで出かけた遊び場で、学校の人気者・陽と出会う。以来急速に親しくなるものの、陽の過去への不信感から絢は恋に踏み切れないでいた。やがてそんな迷いも消え去り、ふたりは付き合うことになるが、幸せな日々も束の間、絢は突然、陽から別れを告げられる。そこには、想像を絶する切ない真実、悲しい運命が隠されていた……。著者自身の実話ラブストーリー。

読者から熱い感動の声!!

"この作品を読んで「生きよう」と思いました"
(紗雪〜1215〜さん)

"すごく感動しました。涙がほんとに止まらなかったです"
(ないあん☆彡 さん)

書店店頭にご希望の本がない場合は、書店にてご注文いただけます。